Knaur

Les Martin

Akte X
Die unheimlichen Fälle des FBI

Blut

Roman

auf Basis der gleichnamigen Fernsehserie
von Chris Carter,
nach einem Drehbuch von Glen Morgan
und James Wong.
Nach einer Geschichte von Darin Morgan

Aus dem Amerikanischen
von Götz Burghardt

Knaur

Die amerikanische Originalausgabe erschien unter dem Titel
The X-Files – Fear bei HarperTrophy –
A Division of HarperCollins Publishers, New York

Redaktion: Annekatrin Klaus

Vollständige Taschenbuchausgabe August 1998
Droemersche Verlagsanstalt Th. Knaur Nachf., München

Umschlaggestaltung: Papen Werbeagentur, Köln
Umschlagillustration: Michael Grecco; © 1996 by 20th Century Fox Corp.
Druck und Bindung: Clausen & Bosse, Leck
Printed in Germany
ISBN 3-426-61048-5

5 4 3 2 1

1

Ed Funsch langweilte sich bei der Arbeit, und das die meiste Zeit. Doch dann sagte er sich, daß dieser Job immer noch besser war, als zu hungern oder keine Bleibe für die Nacht zu haben. Besser, als auf der Straße zu leben – so wie es ihm noch vor zwei Monaten ergangen war, bevor er diese Stelle gefunden hatte.

Ed arbeitete bei der Post in Franklin, Pennsylvania. Sieben Stunden am Tag, fünf Tage in der Woche saß er in einem großen Verteilerzentrum an einer Briefsortieranlage.

Ein Tag glich dem anderen, und der heutige Morgen war da keine Ausnahme. Ein Brief fiel in die Sortieranlage. Ed richtete seinen Blick auf das Kuvert, in dessen Fensterschlitz die Postleitzahl zu lesen war.

„141414."

Er gab die Ziffern auf seiner numerischen Tastatur ein.

An der Sortieranlage leuchtete eine rote Digitalanzeige auf: „141414."

Ed überprüfte die Zahl und drückte auf einen Knopf.

Der Brief flitzte weiter, zum nächsten Haltepunkt auf der scheinbar endlosen Verteilerstrecke.

Schon folgte der nächste.

„02828.“

Und wieder gab Ed die Zahl ein.

Während der Brief weiterbefördert wurde, warf Ed einen kurzen Blick auf seine Armbanduhr: noch eine Stunde und zwanzig Minuten bis zur Mittagspause.

Dann wandte er seine Aufmerksamkeit wieder den Briefen zu.

Einen Monat arbeitete er schon hier – als einer von vielen Männern in graublauer Uniform. Inzwischen verrichtete er seine Tätigkeit völlig automatisch und fand dadurch Gelegenheit, seine Gedanken schweifen zu lassen.

Dabei fiel ihm immer häufiger auf, wie sehr er diese Maschine haßte. Sie war das Modernste, was der Markt an Sortieranlagen zu bieten hatte, ein großartiges neues Werkzeug im Dienste des Menschen.

Daß ich nicht lache! dachte Ed, während er verbissen auf das Display starrte. Es war doch klipp und klar, wer hier das Werkzeug war! Nicht er beherrschte die Maschine, die Maschine beherrschte ihn!

Plötzlich schreckte er aus seinen Gedanken.

Ein Brief hatte sich verklemmt.

Für solche Postsendungen war Ed dankbar. Ungewöhnliche Formate, umgeknickte Ecken, zerknitterte Umschläge – sie erforderten eine menschliche Fingerfertigkeit, über die die Maschine nicht verfügte. Noch nicht.

Er griff nach dem Brief.

„Autsch!“ Hastig zog er die Hand zurück.

Halb zum Licht gewendet besah er sich seinen

schmerzenden Finger: Blut sickerte aus einem feinen Schnitt.

„An Papier geschnitten", murmelte er, während ihm flau im Magen wurde.

Beim Anblick von Blut wurde ihm immer schlecht, und er fühlte sich noch schwächer und hilfloser als sonst. Hier und jetzt konnte er regelrecht *fühlen*, wie die Maschine ihn verhöhnte. Was vermochten Fleisch und Blut gegen sie auszurichten? Er begann vor Wut zu zittern. Er sah rot, blutrot!

In diesem Moment legte sich eine Hand auf seine Schulter, und Ed fuhr hastig herum.

Es war Harry McNally, sein Vorgesetzter.

„Ed, fühlen Sie sich nicht wohl? Sie sind blaß wie ein Gespenst."

„Ich blute", sagte Ed mit leicht zittriger Stimme und hielt seinen Finger hoch.

Harry warf einen flüchtigen Blick auf Funschs Fingerkuppe. „Der Schnitt ist nicht schlimm, Ed." Er hielt inne und fügte dann hinzu: „Doch wenn es Sie wirklich beunruhigt ..."

„Nein, nein!" stammelte Ed. „Sie haben recht. Es ist wirklich nichts. Hört auch schon auf zu bluten. Ich muß ja weitermachen. Muß mich um meine Arbeit kümmern."

Harry räusperte sich – ihm war nicht wohl bei dem, was er nun tun mußte. „Ed ... Ich muß mit Ihnen reden, über die Arbeit. Lassen Sie uns dort rübergehen – zum Getränkeautomaten, da sind wir ungestört."

„Aber die Briefe", wandte Ed kleinlaut ein.

„Machen Sie sich darüber keine Gedanken!“ sagte Harry, langte um Ed herum und schaltete die Sortiermaschine aus.

Ed stand auf und folgte seinem Chef mit hängenden Schultern zum Getränkeautomaten. Er ahnte, was jetzt kommen würde ... er hatte es schon zu oft erlebt.

„Hören Sie, Ed, es fällt mir nicht leicht“, begann Harry. „Jeder hier mag Sie. Und ich weiß auch, daß es besonders hart ist, weil Sie noch nicht so lange in dieser Stadt leben. Trotzdem, Ed ... es tut mir leid, aber ... ich muß Ihnen kündigen.“

Ed schwieg. Es hatte keinen Zweck, den Mund aufzumachen. Er stand einfach nur da wie ein geprügelter, krummrückiger Hund.

Harry schluckte und fuhr fort: „Es liegt nicht an Ihrer Arbeit. Daran ist absolut nichts auszusetzen. Und auch an Ihnen ist nichts auszusetzen, Sie haben sich hier prima eingefügt, und die Kollegen mögen Sie ... Aber Sie wissen ja, wie das ist. Überall wird gespart, die Personalkosten müssen gesenkt werden. Es fehlt an Geld – nicht zuletzt, weil diese neue Technologie so teuer gewesen ist. Na ja, und aufgrund der neuen Maschinen brauchen wir auch nicht mehr so viel ...“

„Ja, ich weiß“, erwiderte Ed leise, „bei meinem letzten Job war es genauso. Da wurde eine Maschine angeschafft, die die Arbeit doppelt so schnell und so gut verrichtete wie ich. Man sagte mir, ich solle das nicht persönlich nehmen. Das sei eben der Fortschritt.“

„Allerdings werden aber auch Leute gebraucht, um diese Maschinen herzustellen,“ hielt Harry dagegen. „Vielleicht können Sie sich umschulen lassen, und dann . . .“

„Harry, ich bin jetzt zweiundfünfzig“, fiel ihm Ed ins Wort. „Denken Sie, daß ich da noch was Neues lernen kann? Und wenn, wer würde denn einen Berufsanfänger meines Alters einstellen?“

Eds Vorgesetzter sah betreten zu Boden.

„Harry“, bat Ed, „könnte ich nicht vielleicht in Teilzeit arbeiten? Wenigstens ein paar Stunden?“

Harry seufzte. „Wenn es nach mir ginge – aber ich habe meine Anweisungen . . . Ich kann Ihnen das entsprechende Fax zeigen, wenn Sie es wünschen.“

„Nein, nein, ich glaub Ihnen schon.“

Harry griff in die Tasche und zog ein Briefkuvert heraus. „Die Kollegen haben ein bißchen gesammelt. Es sind hundert Dollar.“

Verlegen steckte er Ed den Umschlag zu. Dann gab er sich einen Ruck: „Von mir aus können Sie bis Ende der Woche bleiben. Tut mir leid, aber mehr kann ich wirklich nicht tun.“

„Sie brauchen sich nicht zu entschuldigen“, murmelte Ed. „Es ist doch nicht Ihre Schuld. Niemand hat schuld. Das ist es ja! Jeder hat seine Anweisungen – vermutlich direkt von irgend so einer Maschine.“

Harry hüstelte – erleichtert, die Sache hinter sich gebracht zu haben. Er klopfte Ed kurz auf die Schulter und ging mit federnden Schritten davon.

Langsam kehrte Ed zu seinem Platz an der Sortieranlage zurück. Er setzte sich und schaltete die Maschine ein.

Sofort flitzten die zurückgestauten Briefe an ihm vorbei, und Harrys Finger bearbeiteten die Tastatur. Auf dem Display leuchteten die Postleitzahlen auf.

„13207 … 13090 … 08619 … TOETE … 49548 …"

Harrys Kinnlade sackte herunter, während seine Finger wie automatisch auf den Nummerntasten des Keyboards hin und her flogen. Er schnappte nach Luft.

„21227 … 10977 … TOETE SIE … 44310 …"

Harrys Blick erstarrte und fror buchstäblich an dem Display fest. Das emsige Treiben im Verteilerzentrum drang nur noch gedämpft zu ihm durch – all seine Sinne waren auf die digitale Botschaft konzentriert, die nun auf dem Display vor ihm zu lesen war:

„TOETE SIE ALLE!"

Ed Funsch langweilte sich nicht mehr zu Tode.

Er ängstigte sich zu Tode.

2

Gary Taber brauchte nicht zu fürchten, entlassen zu werden. Als Immobilienmakler war er sein eigener Chef, doch das Dumme war, daß die Geschäfte schlecht liefen. Niemand wollte mehr ein Haus oder eine Farm kaufen: das Geld war knapp in der Stadt – und auch auf seinem Konto. Es reichte kaum für die Miete. Und ein Büro in der obersten Etage des Commercial Trust Building, Franklins zehnstöckiger Version von einem *Hochhaus*, war nun einmal sehr teuer.

Gary sah auf die Uhr. Zeit, Mittagspause zu machen. Den ganzen Morgen über hatte er keinen einzigen Vertrag abgeschlossen, kein einziger Kunde hatte sich blicken lassen. Es ging ihm an die Nerven, wie das Geschäft, das er sich in jahrelanger mühsamer Arbeit aufgebaut hatte, nun den Bach hinunterzugehen drohte. Nicht mehr lange, und er würde sich – statt essen zu gehen – Brote mit ins Büro nehmen müssen. Oder das Lunch ganz ausfallen lassen müssen.

Heute allerdings noch nicht. Ihm knurrte der Magen. Er schloß den obersten Knopf seines weißen Hemdes, zog den Schlips straff und rückte den Knoten zurecht. Dann schlüpfte er in sein graues Jackett und schaltete den Anrufbeantworter ein. Schon auf dem Weg zum Fahrstuhl lief ihm das Wasser im Mund zusammen ... Corned beef mit Kraut! In Mulloy's Café, nur ein paar Häuser weiter, schmeckte es am besten.

Der Fahrstuhl war leer, als er einstieg. Nachdem die grüne Digitalanzeige von „10" auf „9" gewechselt hatte, mußte er jedoch zurücktreten, da eine Handvoll Leute zu ihm in die Kabine drängte. Als über ihren Köpfen die „8" aufleuchtete, stiegen weitere Personen zu. Es war eben Mittagszeit ... Die Fahrt nach unten schien ewig zu dauern – in jedem Stockwerk machte der Aufzug Halt. „7", „6". Wie Gary diesen Fahrstuhl haßte! Kleine Räume, noch dazu voller Menschen, machten ihn verrückt. Wenigstens ein Vorteil, wenn ich das Büro aufgeben muß, dachte er bitter. Dann stehe ich zwar auf der Straße, aber ich brauche mich nie wieder in diesen Käfig zu zwängen ...

Um zu sehen, wie lange diese enervierende Fahrt noch dauern würde, reckte Gary den Hals und erhaschte einen Blick auf die Leuchtanzeige.

„KEINE LUFT", stand da.

Schweiß trat auf seine Stirn. Mit dem Handrücken wischte er ihn fort und verspürte im gleichen Augenblick einen Stich in der Lunge. Diese vielen Menschen! Wenn sie doch nur verschwinden würden! Wieder kam der Aufzug zum Stehen.

„KRIEGE KEINE LUFT", erschien auf dem Display.

Gary griff sich an den Schlips und lockerte ihn. Er wich zurück, stieß jedoch mit dem Rücken an die Wand. Aus. Kein Fluchtweg. Er konnte nirgendwo hin.

Die Leute neben ihm rückten von ihm ab. Doch auch sie waren eingekesselt und konnten nur auf das Display starren und warten – „4“, „3“.

Sie alle hatten nur einen einzigen, unausgesprochenen Gedanken: Gott sei Dank sind wir bald unten. Jeden Moment konnte dieser schwankende, nach Luft schnappende Mann mit den hervorquellenden Augen sich übergeben oder gar zusammenbrechen. So oder so, es würde sie wertvolle Minuten ihrer Mittagspause kosten.

Die Sorge um ihr Lunch wäre mit Sicherheit ihre geringste gewesen, wenn sie hätten sehen können, was Gary Taber sah, während er auf die Anzeige starrte.

„TOETE SIE ALLE!“

„Vier Tote – den Mörder nicht mitgerechnet“, sagte Jim Spencer. Er war ein großer, kräftig gebauter Mann mit einem eleganten Schurrbart und einer tadellos gebügelten Uniform. Jim Spencer war der Sheriff von Venango County, Pennsylvania, und das mit jeder Faser seines Körpers.

Sein Gesprächspartner trug einen etwas ramponierten Anzug und hätte eigentlich mal wieder zum Friseur gemußt. Er entsprach ganz und gar nicht dem, was Spencer erwartet hatte, als er das FBI um Hilfe bat.

Selbst sein Name war ... ungewöhnlich ... *Fox*. So heißen allenfalls Indianer, aber nicht FBI-Agenten, dachte Spencer ungehalten.

Aber der Sheriff mußte sich damit abfinden, er hatte keine Wahl. Er brauchte Hilfe, mußte Licht in das Dunkel eines Falls bringen, an dem er sonst verzweifelte. Und so sagte er zu seinem Gegenüber: „Ich bin froh, daß das Bureau unserer Bitte entsprochen hat. Ehrlich gesagt übersteigt dieser Fall unseren Horizont. Er ist unheimlich ... nicht von dieser Welt."

„Ich nehme an, deswegen hat man mich hergeschickt", entgegnete Mulder. „Ungewöhnliche Fälle sind meine Spezialität. Aber ich muß Sie jetzt schon um Nachsicht bitten, falls alles etwas länger dauern sollte. Meine Partnerin, Dana Scully, ist in Washington geblieben ... das Bureau versucht, Reisekosten zu sparen. Sie wissen ja, Kürzungen des Budgets und so weiter."

„Wem sagen Sie das?" erwiderte Spencer. „Auch ich habe Personal einsparen müssen. Das erschwert es natürlich, gute Arbeit zu leisten – besonders bei einer derartigen Verbrechenswelle. Außerdem sollte *ich* mich bei Ihnen entschuldigen – dafür, daß ich den Fall auf Sie abgewälzt habe. Es muß Ihnen doch ziemlich seltsam vorkommen ... es mit Tätern zu tun zu haben, die alle tot sind! Ich meine, normalerweise suchen diese Typen doch springlebendig das Weite."

„Wie ich schon sagte, *seltsam* ist für uns der Normalfall", erklärte Mulder. „Und wir haben noch einen Vorteil. Sie haben mir zwar den Job zugeschoben, aber ich kann die Fakten in meinen Laptop eingeben. Damit ist auch meine Partnerin, nur ein Modem weit entfernt, über alles Wesentliche in Sekundenschnelle unterrichtet. Wissen Sie, sie betrachtet die Dinge häufig aus einem ganz anderen Blickwinkel als ich ... erkennt manches, was ich nicht sehe. Zwei Köpfe sind eindeutig besser als einer, wenn man das Unerklärliche zu erklären hat."

Die beiden Männer standen in der Lobby des Commercial Trust Buildings. Vor ihnen war in Brusthöhe ein gelbes Absperrband gespannt, auf dem in großen, schwarzen Lettern stand: „Tatort: Betreten verboten!"

Ein Deputy hob das Band ein wenig an, so daß sie darunter hindurchschlüpfen konnten. Sie gingen zum Lift, dessen Tür offenstand: Eines der Opfer war auf der Schwelle zusammengebrochen, während die anderen drei Toten im Innern der Kabine lagen. Die Leichen waren mit Planen zugedeckt, unter deren Rändern eingetrocknete Blutlachen zu sehen waren.

„Kaum zu glauben, was ein Mann und ein Schweizer Armeemesser alles anrichten können", brummte der Sheriff.

Mulder war schon ganz bei der Sache. Er streifte sich rasch ein Paar Gummihandschuhe über, um keine Spuren zu verwischen, und ging dicht gefolgt von Spencer in den Fahrstuhl hinein.

Während Mulder die Toten genauer in Augenschein nahm, bemühte sich Spencer, die Fakten zusammenzufassen. „Die Leiche des mutmaßlichen Täters liegt draußen auf dem Gehsteig. Der Wachmann, der ihn erschossen hat, ist noch hier. Überlebende Zeugen aus dem Fahrstuhl befinden sich im

Krankenhaus. Sie können mit ihnen sprechen, sobald Sie wollen."

Mulder, der nur halb zugehört hatte, nickte stumm. Mit beruflicher Neugier, in die sich beinahe so etwas wie Ehrfurcht mischte, beobachtete Spencer jede seiner Bewegungen: Noch nie hatte er einen Ermittlungsbeamten so behende arbeiten sehen – er ahnte, daß er hier noch einiges lernen konnte. Für den Gesetzeshüter einer Kleinstadt war dieser Fall eindeutig eine Nummer zu groß.

Nachdem Mulder die erste Inspektion der Leichen abgeschlossen hatte, nahm er sich den Fahrstuhl vor, kontrollierte das hüfthohe Geländer, die Drucktasten, die Decke.

„Wir haben schon alles untersucht und auch Fingerabdrücke genommen", sagte Spencer. Er wollte dem FBI-Mann zu erkennen geben, daß auch sie – Provinzler hin oder her – keine blutigen Amateure waren.

„Ist das hier bei dem schrecklichen Ereignis in die Brüche gegangen?" fragte Mulder und deutete auf die digitale Anzeige. Sie war eingeschlagen.

Spencer wurde rot. Etwas, das ihm entgangen war!

Er schluckte und sagte: „Das werde ich herausfinden."

Mulder nickte. „Kann ich jetzt den Täter sehen?"

„Sie können sehen, was von ihm übrig ist", erwiderte der Sheriff.

3

„Man sollte es nicht für möglich halten, daß so etwas ausgerechnet hier passiert“, bemerkte Spencer, als er mit Mulder das Commercial Trust Building verließ.

„Daß ein zweiundvierzigjähriger Immobilienmakler vier Fremde ermordet?“ Mulder hob die Augenbrauen. „Das sollte man eigentlich nirgends für möglich halten.“

„Natürlich nicht … Ich meine nur – in dieser Gegend hier hat es seit der Kolonialzeit nur drei Morde gegeben. Das heißt, seit dieser Wahnsinn hier angefangen hat. Innerhalb der letzten sechs Monate haben sieben Menschen zweiundzwanzig andere umgebracht. In bezug auf die Einwohnerzahl – haben Sie eine Ahnung, wie hoch da die Mordrate ist?“

„Hoch, nehme ich an. Ausgesprochen hoch.“

„Sie ist höher, als die von Detroit, Washington und Los Angeles zusammen.“ Spencer warf erregt die Hände in die Luft.

Er packte Mulder am Arm. „Franklin ist nicht im entferntesten so wie diese Städte … Wir sind schlichte, einfache Leute, die alle gut miteinander auskommen. Es gibt hier keinen Flitter und keine Ghettos. Keine Krawalle und keine Überfälle.“

Mulder lächelte milde: „Ich verstehe.“

Befriedigt führte Spencer ihn nach draußen. Nur

wenige Meter entfernt lag eine Leiche unter einer weiteren Plane. Auch hier eingetrocknetes Blut. Schaulustige wurden von Polizisten in Uniform auf Distanz gehalten – eine Mischung aus Grauen und Fassungslosigkeit lag auf ihren Gesichtern.

„Nach jedem Gewaltausbruch wurde auch der Täter umgebracht?“ fragte Mulder.

„Was bedeutet?“

„Jede dieser Mordorgien spielte sich in der Öffentlichkeit ab“, erklärte der Sheriff. „Immer war der jeweilige Täter völlig außer Sinnen und konnte einfach nicht zum Aufgeben bewogen werden. Die Beamten mußten von der Schußwaffe Gebrauch machen, um weitere Morde zu verhindern.“

„Wurden die Leichen der Amokläufer auf Drogenmißbrauch untersucht?“

„Agent Mulder“, sagte Spencer gewichtig, „die Bevölkerung dieser Stadt besteht fast ausschließlich aus harmlosen Obstbauern. Kaum, daß diese Leute mal einen über den Durst trinken – aber mit Sicherheit nehmen sie keine Drogen.“

„Sind sie untersucht worden?“ beharrte Mulder.

„Ja . . . Die Ergebnisse waren negativ.“

Mulder hob die Plane an und warf einen Blick auf den von Kugeln durchsiebten Körper Gary Tabers.

Der Sheriff zwang sich, den Blick nicht abzuwenden, auch wenn sein Magen rebellierte.

„Am Tag der Arbeit habe ich gewöhnlich mit ihm Softball gespielt“, murmelte er. „Er war einer von diesen wirklich netten Burschen. Einer von denen, die eigentlich gar nicht richtig spielen können, sich aber auch nicht beklagen, wenn sie im rechten Außenfeld steckenbleiben ... Wissen Sie, er war immer der erste, der am Ende des Spiels den anderen die Hände schüttelte."

Mulder hob einen Arm der Leiche hoch. Die Totenstarre war schon eingetreten, aber es gelang ihm doch, die Hand nach oben zu kehren. Unter dem Nagel des Zeigefingers fand sich eine grünlich-gelbe Substanz. Was immer es sein mochte – Schmutz war es nicht.

„Nach dem Spiel hat er immer eine Runde Coke ausgegeben", erinnerte sich Spencer weiter. Er sah vorsichtshalber zur Seite, als Mulder einen Plastikbeutel hervorholte, sich an Tabers Hand zu schaffen machte und die Substanz unter dem Nagel als Beweismittel sicherte.

„Lassen Sie das vom FBI-Labor analysieren!" Mulder erhob sich und klopfte seine Knie ab.

„Geht in Ordnung ... Ich lasse es sofort hinbringen." Und leise fügte er hinzu: „Warum hat er das getan? Was in aller Welt hat ihn so Amok laufen lassen?"

Im Kundenraum einer Bank am anderen Ende der Stadt betrachtete Ed Funsch ratlos seinen verletzten Finger.

Obwohl er sich ein Pflaster auf die Wunde geklebt hatte, schmerzte der Schnitt noch immer. Und die mörderische Botschaft auf dem Display der Briefsortieranlage bohrte sich tiefer und tiefer in seine Gedanken.

Die Maschine hatte Blut gerochen, hatte es auf ihn abgesehen. Es war, als wüßte sie, daß er beim Anblick von Blut schwach wurde ... daß eine alte Angst sich wie eine eisige Hand um sein Herz legte.

Doch er hatte sie ausgetrickst – er haßte sie viel zu sehr, um sich von ihr auch noch sagen zu lassen, was er zu tun hatte. Maschinen hatten sein Leben ruiniert, indem sie ihm einen Job nach dem anderen gestohlen hatten. Sie hatten ihm sogar seine Frau genommen, als ein Auto durch die berstende Glasfront des Fastfood-Restaurants gerast war und sie umgebracht hatte. Ihn hatte es nur knapp verfehlt. Ginge es nach Ed Funsch, würden sämtliche Maschinen der Welt auf den Mond geschossen werden.

Er seufzte. Das Schlimme war nur, daß man ihnen überhaupt nicht mehr entgehen konnte. Er hatte das Postgebäude auf der Stelle verlassen, hatte der Aufsicht gesagt, er wolle nicht mehr bis zum Wochenende bleiben ... Und nun stand er schon wieder vor einer Maschine, einen dieser multifunktionalen Bankautomaten. Er hatte vor, den restlichen Lohn auf sein Konto einzuzahlen – damit er nicht in Versuchung geriet, das Geld zu schnell auszugeben. Und dazu mußte er mit diesem Bankautomaten arbeiten, denn die Bedienung am Schalter kostete eine Gebühr.

Als der Mann vor ihm fertig war, trat Ed an den Automaten.

„BITTE KARTE EINFUEHREN!“ wies das Display an, und Ed gehorchte.

„EINZAHLUNG? AUSZAHLUNG? KONTOSTAND ANZEIGEN?“ wollte das Display wissen.

Ed wollte gerade die Antwort eingeben, als er hinter sich eine Frauenstimme hörte: „Du blutest ja!“

Ertappt fuhr er herum, ein Adrenalinstoß jagte durch seine Adern.

Eine Mutter stand über ihr Töchterchen gebeugt und hielt dem Kind ein Papiertaschentuch unter die Nase.

„Ich hab dir doch gesagt, du sollst nicht in der Nase bohren!“ schimpfte die Frau.

Ed hörte kaum, was sie sagte. Er starrte nur auf die roten Flecken im Taschentuch. Sie trieben ihm kalten Schweiß ins Gesicht, während er aufsteigende Magensäure in der Kehle spürte.

Er riß sich zusammen, schluckte trocken und wandte sich wieder der Maschine zu. Er starrte auf das Display.

„SICHERHEITSDIENST“, las er. Die Buchstaben pulsierten wie ein offenliegendes Herz.

Unwillkürlich richtete Ed seinen Blick auf den Sicherheitsbeamten, der draußen vor dem Eingang stand.

Erneut wandte er sich dem Display zu.

„NIMM SEINE WAFFE!“

Wieder wanderte sein Blick zu dem Wachmann – und zu der Pistole in seinem Halfter.

Ed kniff verzweifelt die Augen zu.

Doch er konnte sie nicht geschlossen halten.

Es war, als würden seine Lider von unsichtbaren Fingern und mit übermenschlicher Gewalt aufgerissen . . . damit er die nächste Anweisung der Maschine las.

„TOETE SIE ALLE!“

Ed tat das einzige, was er tun konnte.

Mit der Faust schlug er auf die Taste „Abbrechen“.

Wieder.

Und wieder.

Der Sicherheitsbeamte kam durch die Halle gerannt und rief: „Hey! Was machen Sie da?“

Ed hämmerte wie besessen weiter.

„Was ist los mit Ihnen, Mister?“ schrie der Beamte und packte ihn am Arm.

Ed riß sich los.

Er stürzte davon.

Er mußte weg von der Maschine, weg von dem Wachmann.

Weg, weg, weg.

Doch konnte er sich selbst entkommen?

4

Noch spät am Abend saß Mulder allein im Büro des Sheriffs, ohne sich wirklich einsam zu fühlen.

Er befand sich in Gesellschaft der Leichen aus dem Fahrstuhl des Commercial Trust Buildings. Sie und die Opfer der anderen, unlängst begangenen Morde waren als großformatige Fotos an eine Pinwand geheftet.

Daneben hingen Aufnahmen der sieben Mörder, die schon lange vor den Verbrechen gemacht worden waren.

Seit Stunden hatte Mulder sich diese Bilder wieder und wieder angesehen. Hatte ihnen seine stummen Fragen gestellt, ohne daß er eine Antwort erhalten hätte.

Und noch jemand war bei ihm.

Das Modem seines Laptops verband ihn mit Scully, und während er seinen Bericht tippte, der dann sogleich auch auf ihrem Monitor erschien, konnte er sich ihr Gesicht vorstellen.

Vor seinem geistigen Auge sah er sie in ihrem Büro in der FBI-Zentrale in Washington. Während sie auf den hellen Bildschirm starrte, trug sie bestimmt ihre Brille, mit der sie immer ein bißchen wie eine Lehrerin aussah. Eine sehr hübsche, elegante Lehrerin allerdings. Eine Lehrerin, die einen Bericht gnadenlos auf inhaltliche Ungereimtheiten und logische Fehler hin prüfte – vor allem, wenn der Bericht von Fox Mulder kam.

Mulders phantastischen Theorien und exzentrischen Vorschlägen zu folgen, war nur selten Scullys Sache. Sie war eine Verfechterin plausibler Erklärungen und logischer Gedankengebäude, mit denen sie ihrem Partner schon oft genug den Kopf zurecht gerückt hatte.

Doch diesmal hoffte selbst Mulder, sie hätte eine hübsche, vernünftige Erklärung für ihn, die endlich Licht ins Dunkel bringen würde ... Im vorliegenden Fall war er mit seinem Latein am Ende.

„Menschen, die einen Mord begehen, lassen sich im wesentlichen zwei verschiedenen Gruppen zuordnen“, tippte Mulder. *„Da sind einmal solche, die durch einen plötzlichen Ausbruch von Wahnsinn Amok laufen und wahllos Leute töten, und dann gibt es noch die Serientäter, die aufgrund einer tief sitzenden Geistesgestörtheit über einen langen Zeitraum hinweg immer wieder morden.“*

Mulder hielt inne und betrachtete erneut die Fotos der getöteten Mörder – sie unterschieden sich grundlegend von den grobkörnigen Schwarz-Weiß-Bildern der Opfer in ihrer blutdurchtränkten Kleidung. Die Fotos der Täter waren Aufnahmen fröhlich lächelnder Männer und Frauen.

Mulder seufzte und machte sich wieder an seinen Bericht. *„Die Mörder lassen sich weder dem einen noch dem anderen Typ zuordnen. Sie sehen eher so* *aus, als könnten sie selber zu den Opfern gehören.“*

Noch einmal sah sich Mulder die Aufnahmen an und tippte dann mit gerunzelter Stirn weiter: *„Die Täter waren allesamt respektable Leute mit mittlerem Einkommen. Von keinem war bekannt, daß er irgendeinen ernsthaften geistigen Defekt gehabt hätte. Keiner von ihnen hat jemals zu Gewalttätigkeit geneigt. Verwandte und Freunde konnten lediglich geringfügige Anzeichen von Störungen vermelden: leichte Schlafstörungen, Kopfschmerzen, Appetitlosigkeit oder übermäßiges Essen. Aber nichts, was über den normalen Rahmen eines stressigen Lebens hinausgegangen wäre.“*

Wieder hielt Mulder inne und warf einen langen Blick auf das Foto von Gary Taber. Gary stand an einem Gartengrill. Stolz hielt er eine Bratwurst in die Höhe, die er gerade mit einer Gabel vom Grill genommen hatte. In der anderen Hand hatte er ein aufgeschnittenes Brötchen, in das er die Wurst legen wollte. Neben ihm stand sein Sohn, ein kleiner, blonder Junge mit Sommersprossen, und strahlte ihn an.

Das sollte der Mann sein, der vier Menschen brutal niedergemetzelt hatte?

Mulder schüttelte den Kopf und ließ die Finger über die Tastatur gleiten. *„Überlebende des letzten Massakers berichten, beim Täter wären Anzeichen enormen Unbehagens im Fahrstuhl zu erkennen gewesen. Das aber erklärt die ungeheure Brutalität des Verbrechens noch immer nicht.“*

Frustriert ließ Mulder die Schultern hängen. Sein offenes, ehrliches Gesicht ließ ihn zumeist jünger aussehen als er tatsächlich war … Es gab aber auch Zeiten, da sah er ziemlich alt aus – so wie heute, als er überlegte, was er Scully über den Fall noch mitteilen konnte.

Er saß einfach da, die Hände über der Tastatur, die Lippen verkniffen, und starrte in die Luft. In der Ferne vernahm er ein leichtes Rumoren, wie Donner. Er runzelte die Stirn – draußen gab es nicht das geringste Anzeichen für ein Gewitter.

Dann, so schnell wie es gekommen war, verschwand das Grollen wieder, und Mulder setzte seine Aufzeichnungen fort.

Scully saß in ihrem Büro und wartete geduldig, daß Mulder mit seinem Bericht fortfuhr.

Minuten vergingen.

Gerade kam ihr der Gedanke, daß die Modemverbindung unterbrochen sein könnte, als weitere Worte auf dem Bildschirm erschienen: *„Ich bin überzeugt, wir haben es hier mit irgend etwas Fremdem zu tun, etwas Ungewöhnlichem. Aber ich muß zugeben, ich habe keine Ahnung, was es sein könnte.“*

Scully legte die Stirn in Falten. Dies klang alles recht entmutigt, und es war gar nicht Mulders Art … es sah ihm ganz und gar nicht ähnlich, sich nahezu geschlagen zu geben.

Sie spürte, wie ihre Spannung wuchs, während sie darauf wartete, daß er weiterschrieb.

Mulder schaute sich ein Foto von Gary Tabers Hand an. Dann blätterte er in dem Laborbericht über die Substanz unter Tabers Zeigefinger. Vielleicht kann Scully etwas entdecken, das ich übersehen habe, dachte er und beugte sich wieder über seinen Laptop.

„Bei dem Täter, der für das letzte Massaker verantwortlich war, habe ich eine ungewöhnliche Substanz unter einem der Fingernägel gefunden und untersuchen lassen", schrieb er. *„Sie hat sich als eine undefinierbare, aber ungiftige Chemikalie erwiesen, die man auf Pflanzen finden kann. Hier handelt es sich höchstwahrscheinlich um ein Überbleibsel von Gartenarbeit, eine Freizeitbeschäftigung, die in ländlichen Gemeinden wie dieser alltäglich ist."*

Als Mulder erneut eine längere Pause einlegte, klopfte Scully ungeduldig an das Gehäuse ihres Desktops.

Schließlich erschienen neue Wörter.

„Es gibt zahlreiche Berichte über Fälle von geistiger Verwirrung, die von Entführungen durch UFOs herrühren sollen. Einige dieser Abduktionsopfer weisen Anzeichen von extremen Wahnvorstellungen auf, was Verschiedenes erklären würde."

Scully mußte lächeln.

„Ich hab mich schon gefragt, wann Sie damit rauskommen würden, Partner", murmelte sie leise.

Ihr Lächeln verschwand, als sie las:

„Ich kann jedoch keine Beweise dafür finden, daß

dieses oder irgendein anderes UFO-Phänomen etwas mit diesem Fall zu tun hat. Ganz und gar nicht.“

Wieder eine Pause.

Dann erschienen weitere Wörter auf dem Bildschirm, noch zögernder als zuvor.

„Den verschiedenen Mordtaten scheint nur eines gemein zu sein. In jedem dieser Fälle wurde eine elektronische Anlage am Tatort zerstört. Eine Fernsteuerung. Ein Faxgerät. Ein Mobiltelefon. Die Digitalanzeige eines Fahrstuhls. Und so weiter. Doch . . .“

Wieder eine Unterbrechung.

Dann: *„Doch aus all dem werde ich nicht schlau. Um ganz ehrlich zu sein, Scully, es ist mir noch nie so schwergefallen, eine Theorie dahingehend zu entwickeln, was hinter einem Verbrechen stecken könnte.“*

Die nächste Unterbrechung dauerte nur wenige Sekunden.

„Es ist unmöglich, vorherzusehen, wer zum Mörder wird. Oder wer ermordet wird.“

Mit starrem Blick verfolgte Scully, wie Mulder sich ausloggte. Sie überlegte krampfhaft, wie sie ihre Vorgesetzten überzeugen könnte, sie doch noch zum Tatort zu schicken – knappe Kassen hin oder her. Sie war sich sicher, daß Mulder ihre Hilfe brauchte, und zwar mehr denn je. Doch sie war sich genauso sicher, daß ihre Argumente bei den hohen Herrschaften auf taube Ohren stoßen würden.

Mulders letzte Worte standen noch auf dem Bildschirm. Scully lief es kalt über den Rücken, als sie sie noch einmal las.

„Es ist unmöglich, vorherzusehen, wer zum Mörder wird. Oder wer ermordet wird."

5

Mrs. Bonnie McRoberts liebte Sam, ihren Mann, und deshalb wünschte sie sich bisweilen, seine Arbeit würde ihn nicht so sehr in Anspruch nehmen. Sie wünschte sich, er wäre öfter bei ihr. Er wäre da, wenn sie ihn brauchte – so wie jetzt.

Bonnie stand an einer Straßenecke am Stadtrand von Franklin. Dieses heruntergekommene Viertel grenzte unmittelbar an die Slums, und Bonnie war direkt von der Arbeit hierher gekommen – in ihrem schicken Kostüm fühlte sie sich ziemlich fehl am Platze. Trotz der Dämmerung spürte sie, wie die Leute sie anstarrten. Sie zögerte, in die schmierige Werkstatt an der Ecke einzutreten.

Ihr Mann war der Meinung gewesen, sie würden eine Menge Geld sparen, wenn sie ihr Auto hier reparieren ließen. Er hatte gehört, daß bei ACE AUTO REPAIRS ordentliche Arbeit zu annehmbaren Preisen geleistet wurde. Aber *er* mußte das Auto ja auch nicht hierher bringen und wieder abholen ... Das war ihr Job, denn schließlich war der Unfall auf ihr Konto gegangen. Nicht, daß es wirklich schlimm gewesen wäre ... nur ein kurzer Schrecken, als der Kerl in dem Camaro ihr die Vorfahrt genommen und sie ihn gerammt hatte. Doch sie konnte sagen, was sie wollte – Sam blieb dabei, daß *sie* die Schuld hatte, sie sei hinter dem Steuer einfach zu nervös. Und was noch schlimmer war: sie wußte, daß die Leute sich seiner Meinung anschlossen. Sie mochte eine der bestgekleideten, bestbezahlten Anwaltssekretärinnen der Stadt sein, in den Augen der Männer war sie nichts anderes als ein weiteres Exemplar der Gattung *Frau am Steuer*.

Wie zum Beispiel für diesen Typen, dem die Werkstatt gehörte. Ein echter Macho. Ein richtiges Chauvinistenschwein. Er hatte noch nicht einmal versucht, sich sein höhnisches Grinsen zu verkneifen, als er den Schaden taxiert und sie die Geschichte des Unfalls erzählt hatte. Und ihr war auch nicht das gierige Leuchten in seinen Augen entgangen, als er im Kopf überschlug, wieviel er ihr für die Reparatur abknöpfen könnte. Sie hätte ihren Mann um Hilfe bitten können – doch ihr Stolz ließ es nicht zu ... sie wollte ihn nicht auch noch in seiner Ansicht bestärken, daß sie nur eine schwache, hilflose Frau war.

Das Fatale – und zugleich Ärgerliche – war nur, daß sie sich im Augenblick tatsächlich ziemlich schutzlos fühlte. Sie war diesem gräßlichen Mechaniker ausgeliefert. Wie konnte sie verhindern, daß er ihre Hilflosigkeit in puncto Anlasser, Vergaser, Getriebe und dem ganzen anderen Zeug unter der Motorhaube bemerkte? Wie sollte sie ihn davon abhalten, sich wie ein Hai über ihre Kreditkarte herzumachen?

Bonnie reckte die Schultern, strich sich den Rock glatt und schritt würdevoll in die Werkstatt.

Der Gestank von Öl und Schmierfett und Gott weiß

was noch stach ihr in die Nase. Abgesehen vom Schein einer Handlampe ganz hinten in dem höhlenartigen Raum war es finster. Das Licht kam aus der geöffneten Motorhaube ihres Volvos.

„Hallo“, rief Bonnie, als sie näher trat.

Der Mechaniker kam unter der Haube hervor. Sein Name war Abe. „Abe *Ehrlich*“, hatte er ihr mit einem hämischen Grinsen gesagt.

Als er Bonnie erkannte, wischte er sich seine schmierigen Hände an seinem öltriefenden Overall ab.

„Sie kommen spät!“ raunzte er. „Zeit ist Geld, wissen Sie doch!“

„Es tut mir leid“, erklärte Bonnie. „Ich habe versucht anzurufen und Bescheid zu sagen, daß ich etwas später komme. Aber es hat niemand abgenommen. Und Ihr Anrufbeantworter war nicht an.“

„Ich habe keinen Anrufbeantworter. Ich verzichte auf solchen Schnickschnack. Nur so kann ich so preiswert sein, wie ich es bin.“

„Ich hatte noch im Büro zu tun. Etwas Dringendes. Wie ich schon sagte ... es tut mir leid.“

Doch dann hielt Bonnie inne. Ihr fiel wieder ein, daß sie diesem Kerl gegenüber nicht das geringste Anzeichen von Schwäche oder Furcht zeigen wollte.

„Wenn das Auto fertig ist“, sagte sie, „dann werfe ich rasch einen Blick auf die Rechnung, bezahle und bin schon weg.“

„Sie haben die Karre ganz schön zugerichtet“,

sagte Abe und kratzte sich am Kopf, um den er sich ein völlig verdrecktes Tuch gebunden hatte. Damit sah er noch mehr wie der Pirat aus, der er wahrscheinlich auch war.

„Haben Sie es hinbekommen?“ fragte Bonnie gleichmütig.

„Ja, sicher, der alte Abe Ehrlich kriegt so gut wie alles hin.“

„Gut“, sagte Bonnie und hoffte, daß man ihren stummen Seufzer der Erleichterung nicht heraushören konnte. „Dann geben Sie mir die Rechnung, und ...“

„Die Sache ist nur die“, fuhr Abe gedehnt fort, „bei der Reparatur habe ich noch andere Sachen festgestellt. Ernsthafte Sachen, Mrs. McRoberts.“

Bei Bonnie gingen sämtliche Warnlichter an.

„Kommen Sie, sehen Sie selbst“, sagte Abe und wandte sich wieder dem Auto zu.

Als Bonnie ein kleines Mädchen gewesen war, hatte ihr Vater sie mit Geschichten vom schwarzen Mann erschreckt ... und jetzt, als der Mechaniker sie näher zu sich heranwinkte ... war der schwarze Mann wieder da. Ihre alte Angst erwachte und kroch langsam wie Gift unter ihre Haut.

„Sei nicht albern, Bonnie, du bist kein Kind mehr!“ ermahnte sie sich und trat mit entschlossenem Gesichtsausdruck und energischem Schritt näher an die Motorhaube ... dicht neben den schwarzen Piraten.

Genau in diesem Augenblick heulte der Motor auf, und Bonnie zuckte entsetzt zusammen.

„Entschuldigen Sie, wenn ich Sie erschreckt habe, Mrs. McRoberts“, nölte Abe, doch sein Tonfall strafte seine Worte Lügen. „Oder soll ich Bonnie sagen?“ Er grinste.

„Mrs. McRoberts wäre mir lieber“, entgegnete sie spitz. „Ebenso eine Erklärung, was Sie da eigentlich tun!“

„Sehen Sie den Apparat hier“, sagte Abe und zeigte auf ein Gerät, das an den Motor ihres Autos angeschlossen war. „Das ist ein Oszillograph ... Man drückt hier auf den Knopf, und der Motor springt an. Der Apparat checkt durch, wie die einzelnen Teile arbeiten. Und die Ergebnisse kann man hier auf dem Monitor ablesen.“

Abe drückte auf einen Knopf, und wieder heulte der Motor auf.

„Sehen Sie, der Motor sollte eine Leistung von 168 PS bei 6200 Umdrehungen pro Minute haben“, erklärte er. „Aber das leistet er bei weitem nicht.“

„Ich verstehe“, sagte Bonnie, obgleich sie nur Bahnhof verstanden hatte.

Abes Grinsen wurde noch breiter. „Das ist nur der Anfang. Sehen Sie ... hier!“

Er ließ den Motor wieder hochdrehen und deutete erneut auf den Monitor.

Bonnie gab sich Mühe, so intelligent wie möglich hinzusehen, machte sich aber keine Hoffnungen, die leuchtenden Kurven und Ziffern auch nur ansatzweise zu verstehen.

Sie irrte sich.

Was auf dem Monitor zu lesen war, war klar und deutlich.

„LUEGNER."

Ganz schwach vernahm sie Abes Stimme hinter sich.

„Die Zündzeitfolge stimmt überhaupt nicht. Außerdem hat das Getriebe einen Schuß weg. Ganz zu schweigen von ..."

Bonnie hörte nicht hin. Ihr Blick war auf den Monitor gebannt.

„ER IST EIN LUEGNER."

„Tja, Lady, das alles in Ordnung zu bringen, wird einiges kosten ... aber ich werde Ihnen einen guten Preis machen, weil Sie so eine reizende Dame sind", fuhr Abe fort.

Kalter Schweiß trat auf Bonnies Stirn, als sie las: „ER NIMMT DICH AUS, WEIL DU EINE FRAU BIST."

„Wenn Sie das nicht machen lassen, können Sie von hier aus direkt zum Autofriedhof fahren ..."

„ER WILL DEIN AUTO VERNICHTEN. KOMM IHM ZUVOR!" sprühte der Monitor. „TOETE IHN!"

„Wie ich schon sagte, Bonnie, ich meine, Mrs. McRoberts, es liegt ganz bei Ihnen", beendete Abe seinen Vortrag.

„NUN TOETE IHN!" Der Befehl fuhr Bonnie wie ein Blitz durch die Glieder.

Mit einem schrillen Schrei hob sie einen großen Schraubenschlüssel vom schmierigen Fußboden auf.

„Heh … was …“ war alles, was Abe noch hervorbrachte, ehe das schwere Werkzeug auf seinen Kopf niederfuhr. Er taumelte verblüfft zur Seite.

Mit der einen Hand wischte er sich das Blut aus dem Gesicht, mit der anderen griff er sich einen Hammer.

Gleichzeitig holte er mit einem Fuß aus – der kräftige Tritt traf Bonnie in die Kniekehle. Sie stürzte nach hinten, stieß gegen eine Werkbank und verlor dabei den Schraubenschlüssel.

„Dich krieg‘ ich schon, du Miststück!“ schnaubte Abe außer sich und kam mit erhobenem Hammer auf sie zu.

Bonnie sah sich hektisch um. Sie brauchte eine Waffe … irgend etwas, das sie als Waffe benutzen konnte. Ihr Blick fiel auf das scharfe, dreieckige Ende einer Ölkannentülle.

Sie packte die Tülle, als Abe mit dem Hammer zum Schlag ausholte.

Sie sprang zur Seite.

Gleichzeitig stieß sie ihm die Tülle tief in die Brust … es knirschte, das bizarre Geräusch von Metall auf Knochen.

Abes Körper schlug auf den Betonboden und blieb regungslos liegen.

Sein Blut vermischte sich mit dem Öl auf dem Werkstattfußboden. Blind stolperte Bonnie durch die rasch größer werdende Lache, als sie zu ihrem Auto hastete. Sie entfernte das Analysegerät vom Motor und schlug die Haube zu.

Noch einmal warf sie einen Blick auf den Monitor.

„ANALYSE BEENDET."

Bonnie öffnete die Wagentür, setzte sich hinters Steuer und startete.

Sie lächelte zufrieden: Der Motor klang ganz normal.

6

„Ich weiß nicht, warum Sie unbedingt mitkommen wollen, Agent Mulder“, beschwerte sich Spencer. „Dieser Mord hat doch eindeutig nichts mit Ihren Ermittlungen zu tun.“

„Tut mir leid, wenn es so aussieht, als wolle ich in Ihr Terrain eindringen.“ Mulder lächelte beschwichtigend. „Ich will Ihre Kompetenz keineswegs in Frage stellen ... Aber es gehört nun mal zu meinen Ermittlungen, festzustellen, ob dieser Fall nicht doch etwas mit den anderen zu tun hat.“

„Wie Sie meinen“, erwiderte Spencer achselzukkend. „Machen Sie Ihren Job! Ich mache meinen. Wir werden ja sehen, wer den Mörder zuerst hat.“

Sie standen in der düsteren ACE-AUTO-REPAIRS-Werkstatt. Es war bereits hell, doch das frühe Tageslicht drang kaum durch die kleinen, dreckverkrusteten Fenster, so daß der Tatort mit Polizeischeinwerfern ausgeleuchtet werden mußte.

Der tote Körper des Mechanikers war zur Autopsie ins Leichenschauhaus gebracht worden, auch wenn über die Art und Weise, wie er gestorben war, keinerlei Zweifel bestand. Die Stichwunde in seiner Brust und die blutverschmierte Tülle sprachen eine eindeutige Sprache.

Mulder sah sich das Foto der Leiche an, dann den

blutigen Schraubenschlüssel in dem Plastikbeutel. Er blickte sich in der Werkstatt um und registrierte, wie die Polizisten den Raum nach Fingerabdrücken absuchten, Proben von dem verspritzten Blut nahmen, alles Mögliche ausmaßen und auch sonst sehr beschäftigt taten.

Der Schatten eines Lächelns huschte über Mulders Gesicht. Er hegte den Verdacht, die einheimischen Gesetzeshüter zogen für ihn, den Besserwisser vom FBI, eine perfekte Show ab.

„In wenigen Stunden werden wir den Mörder identifiziert haben", verkündete Sheriff Spencer selbstbewußt. „Der Schraubenschlüssel und die Tülle sind voller Fingerabdrücke. Die vergleichen wir mit den gespeicherten Aufnahmen in den Zentralrechnern der State Police und des FBI – und schon haben wir unseren Mann."

„Vorausgesetzt, daß der Mörder ein Mann ist", wandte Mulder ein.

„In Anbetracht der Brutalität des Verbrechens bin ich mir ziemlich sicher, daß es einer war", erwiderte Spencer.

„Und vorausgesetzt, die Fingerabdrücke lassen sich überhaupt identifizieren", fuhr Mulder fort. „Vorausgesetzt, der Mörder war nicht ein unbescholtener Bürger, von dem überhaupt noch keine Fingerabdrücke erfaßt und registriert sind. Vorausgesetzt ... der Mörder war nicht so wie die anderen Mörder."

„Wie ich bereits sagte, ich halte es für eindeutig,

daß …" begann Spencer mit leicht verärgerter Stimme, doch er wurde durch die Ankunft eines groß gewachsenen, gut gekleideten Mannes Mitte vierzig unterbrochen. Alles an ihm strahlte Autorität aus.

„Hi, Spence, wie läuft's?" fragte er.

„Ganz wie zu erwarten, Larry."

Als der Neuankömmling einen neugierigen Blick auf Mulder warf, fügte Spencer hinzu: „Larry, das ist FBI-Agent Mulder. Er ist in einem Spezialauftrag hier, auf unsere Anforderung hin. Agent Mulder, das ist Larry Winter, County Supervisor."

Larry Winter streckte ihm die Hand zum Gruß hin.

„Sagen Sie", fragte er Mulder, „hat dieser Mord etwas mit den anderen zu tun?"

Ehe Mulder antworten konnte, fuhr Spencer dazwischen: „Sie scheinen nichts miteinander zu tun zu haben."

Winter wandte sich dem Sheriff zu: „Sollte ich jetzt erleichtert sein oder mir noch mehr Sorgen machen? Ist das der Beginn einer Epidemie von Nachahmungsverbrechen?"

„Ich glaube, man kann mit Sicherheit sagen, daß dies keine Kopie der anderen Morde war", resümierte Spencer. „Die Tat wurde nicht an einem öffentlichen Ort begangen. Der Verbrecher ist geflohen und hat seine Spur verwischt. Allem Anschein nach hatte er keine vorbereitete Waffe bei sich … All das zusammengenommen läßt eher auf ein gewöhnliches Verbrechen schließen als auf den Wahnsinn der anderen Fälle."

„Ist das auch Ihre Meinung, Agent Mulder?“ wollte der County Supervisor wissen.

„Es ist noch zu früh, sich eine feste Meinung zu bilden“, erwiderte Mulder und hob die Schultern. „Ich trage erst einmal so viele Informationen zusammen, wie ich kann. Und vielleicht fügen sie sich irgendwann so zusammen, daß man das Muster hinter all diesen Verbrechen erkennen kann. Ein Muster ... vielleicht sogar den Schlüssel, die Lösung für den Fall ...“

Winter nickte. „Verstehe, so wie man ein Puzzlespiel zusammensetzt und schließlich ein Bild bekommt.“

„Ja, so in etwa ... nur daß in diesem Fall die einzelnen Teile reichlich bizarre Formen haben. Das macht es um so schwieriger, ein klares Bild zusammenzubringen.“

Sheriff Spencer schüttelte energisch den Kopf. „Was diesen Mord hier in der Werkstatt angeht, bin ich anderer Meinung. Ich meine, wir haben praktisch alles, was wir brauchen, um diesen Fall zu lösen ... Was noch fehlt, ist das Motiv. Und um das herauszufinden, sollten wir uns an die altbewährten Methoden halten – Sie wissen schon, das liebe Geld: unterschlagene Summen, nicht bezahlte Rechnungen ... Kommen Sie, lassen Sie mich Ihnen zeigen, was ich gefunden habe.“

Damit wollte sie der Sheriff zu seiner Entdeckung führen, doch Mulder hielt ihn noch einen Moment zurück. „Lassen Sie mich erst noch eine Sache überprüfen!“

Ganz hinten in der Werkstatt hatte er ein Gerät mit einem Monitor entdeckt und wurde nun wie eine Biene vom Nektar davon angezogen.

Als er vor dem Oszillographen stand, mußte er jedoch erkennen, daß das Gerät intakt war. „ANALYSE BEENDET", las er auf dem Schirm.

„Sind Sie jetzt überzeugt?" fragte der Sheriff. „Diesen Fall können Sie von Ihrer Liste streichen."

„Ich kann nicht widersprechen", räumte Mulder ein. Er warf dem flimmernden Monitor noch einen letzten Blick zu und folgte dann Spencer und Winter durch eine marode Holztür in ein winziges Büro. Auf einem ramponierten Schreibtisch lagen in einem wilden Durcheinander jede Menge Rechnungen und Lieferscheine.

„Ein paar davon habe ich mir bereits angeschaut", erklärte Spencer eifrig. „Ein möglicher Grund für Ehrlichs Tod liegt hier auf dem Tisch. Von wegen *Ehrlich*. Der Kerl war ein Betrüger. Sie brauchen sich nur mal anzuschauen, was er an Ersatzteilen berechnet hat. Und dann vergleichen Sie die einmal mit denen auf seinen Bestellisten! Diese Werkstatt muß der größte Gaunerbetrieb in der Autobranche gewesen sein ... Das würde auch erklären, wieso hier nicht ein einziges Auto zur Reparatur steht. Die Leute müssen Ehrlichs Methode allmählich spitz gekriegt haben."

Mulder war nur mit halbem Ohr bei Spencers Erläuterungen, während er die Papiere auf dem Schreibtisch durchblätterte.

Spencer hatte recht. Es war nicht zu übersehen, daß

Ehrlich seine Kunden nach Strich und Faden betrogen hatte. Da lagen Lieferscheine für kleinere Sachen wie Ölfilter und Bremsbeläge – und darunter waren Kundenrechnungen über komplette Getriebe und andere Großreparaturen geheftet.

Plötzlich erstarrte Mulder.

Erneut warf er einen Blick auf die Rechnung, die er gerade gelesen hatte. Dann las er sie noch einmal.

„Fahrzeugtyp: Volvo-Limousine. Baujahr: 1991. Eigentümer: Mrs. Bonnie McRoberts, 50 Oak Lane. Verwendete Teile: digitaler Tachometer mit Kilometerzähler. Teil #149WX541. Arbeitsleistungen: Zertrümmerten Tacho ausgewechselt."

Sein Mund formte sich zu einem lautlosen Pfeifen. Dann sagte er eilig: „Dieses Verbrechen hat doch mit den anderen zu tun. Kommen Sie! Wir müssen uns beeilen!"

7

Bonnie McRoberts legte gerade letzte Hand an ihr Make-up, als es an der Tür klingelte.

„Verflixt!“ schimpfte sie. „Immer wenn man es eilig hat!“

Am Abend zuvor hatte sie vergessen, den Wecker zu stellen. Nun hatte sie verschlafen, doch sie wollte auf keinen Fall zu spät zur Arbeit kommen. Seitdem die Anwaltskanzlei, in der sie arbeitete, ein Jahr zuvor mit einer anderen zusammengelegt worden war, wurde ständig Personal abgebaut – niemand wußte, wer der Nächste war. Und wenn Bonnie entlassen würde, wäre sie ihre Krankenversicherung los, könnte die nächste Rate fürs Haus nicht bezahlt werden ... und vielleicht ginge sogar ihre Ehe in die Brüche. Sie konnte sich nicht vorstellen, wie sie und Sam zurechtkommen sollten, wenn sie mit all den Kleinigkeiten knausern müßten, die ihr Leben erst lebenswert machten. Allein der Gedanke verursachte ihr eine Gänsehaut.

Verärgert öffnete sie die Tür.

Sie erblickte einen ziemlich jung aussehenden Mann mit zerzaustem Haar und einem zerknitterten Anzug. Hinter ihm stand ein anderer Mann mit adrettem Schnurrbart und in Polizeiuniform.

Mulder sah eine Frau, genauso hübsch, sauber und

gepflegt wie ihr Haus mit den weißen Fensterläden und dem perfekt getrimmten Rasen davor. Sie trug ein schickes, graues Kostüm.

„Mrs. Bonnie McRoberts?“ fragte er.

„Ja.“

„Ich bin Special Agent Fox Mulder vom FBI“, erklärte Mulder und zeigte ihr seinen Dienstausweis. „Und das ist Sheriff Spencer. Wir möchten Ihnen gern ein paar Fragen stellen.“

„Sehen Sie, ich würde Ihnen ja gern helfen, meine Herren“, sagte Bonnie, „aber ich komme schon so zu spät zur Arbeit. Vielleicht in der Mittagspause ...“

„Tut mir leid, aber es ist dringend“, beharrte Mulder. „Wenn Sie zu spät kommen, dann berufen Sie sich auf mich. Dürfen wir hineinkommen?“

Bonnie zuckte die Achseln und machte die Tür etwas weiter auf. Nachdem Mulder und Spencer eingetreten waren, schloß sie die Tür und führte sie durchs Wohnzimmer in die Küche.

„Entschuldigen Sie das wüste Durcheinander!“ zwitscherte sie. Mulder sah sich vergeblich danach um. Nur Hochglanz und Ordnung. „Es ist nicht leicht, berufstätig zu sein und gleichzeitig einen Haushalt zu führen. Mein Mann, gut, er mäht den Rasen und recht das Laub und so ... Sonst aber nimmt er höchstens noch einen Staubsauger in die Hand. Ein Staublappen ist seiner Meinung nach keine Männersache – und das gilt auch für die Waschmaschine, den Geschirrspüler und die Mikrowelle. Übrigens, da wir gerade davon sprechen, hätten Sie was dagegen, wenn ich mir ein bißchen Frühstück mache?“

„Das ist die wichtigste Mahlzeit am Tag“, erwiderte Mulder.

„Ach, ich wünschte, ich hätte mehr Zeit dafür ... aber ich habe immer so viel zu tun. Manchmal bin ich so müde, daß ich schreien könnte.“

„Eine Frau wird nie mit der Arbeit fertig.“ Mulder zeigte ein Lächeln, Marke verständnisvoll.

„Kann ich Ihnen etwas anbieten, meine Herren?“ fragte Bonnie erfreut und nahm eine Packung Muffins aus der Kühltruhe.

„Nein danke! Wir haben bereits gefrühstückt“, wehrte Mulder ab.

„Doughnuts, wette ich“, kicherte Bonnie. „Ich hab gehört, daß Polizisten sich davon ernähren.“

„Tag und Nacht, leider.“ Spencer rieb sich den Bauch, der sich über seinen breiten Ledergürtel wölbte. „Ich sollte mich etwas zurückhalten ... Zumindest sage ich mir das immer wieder.“

Er warf Mulder einen Blick zu und fragte sich im stillen, was dieses Gespräch über Doughnuts und Haushaltsführung sollte ... und warum um alles in der Welt sie diese nette Frau belästigten.

„Wenn ich ehrlich sein soll, ich hatte etwas Vollkornreis und Tee – aber meine Berufskollegen finden mich auch etwas exotisch“, beendete Mulder das Thema.

Das kannst du laut sagen, dachte Spencer. Mulder hatte es nicht für nötig gehalten, den Zweck dieses

Besuchs zu erklären. Spencer wußte nur, daß Mulder schweigend mit dem Kopf genickt hatte, als sie ihren Wagen vor diesem mehr als normalen Haus am Stadtrand abstellten – anscheinend hatte der FBI-Mann genau das erwartet.

„Haben Sie Probleme mit dem Auto gehabt?" fragte Mulder Bonnie, als sie ein Muffin in die Mikrowelle tat.

„Das gehört zum Bereich meines Mannes", sagte Bonnie und drückte auf eine Taste. Das Display der Mikrowelle leuchtete auf: „AUFTAUEN."

„Kann ich ihn sprechen?"

„Er ist gerade nach Pittsburgh unterwegs, hat dort geschäftlich zu tun. Ist schon sehr zeitig losgefahren, mit dem Auto. Armer Kerl, arbeitet beinahe genauso viel wie ich", seufzte Bonnie und wartete darauf, daß das Display das Ende des Auftauens anzeigte.

Statt dessen teilte es ihr etwas anderes mit.

„ER WEISS BESCHEID", leuchtete es giftgrün.

Zur gleichen Zeit zog Mulder ein Blatt Papier aus der Tasche. „Auf diesem Reparaturauftrag steht Ihr Name. Und er ist von Ihnen unterschrieben. Haben Sie zufällig Ihr Auto gestern abend abgeholt?"

Die Mikrowelle piepste.

Bonnie richtete den Blick wieder auf die Anzeige.

„TOETE DIE BEIDEN!"

„Ja", sagte Bonnie.

„Und als Sie es abholten, haben Sie da zufällig bemerkt ...?" fuhr Mulder fort und brach dann ab. Er bemerkte, daß Bonnie wie hypnotisiert auf das Display der Mikrowelle starrte.

Er schaute ebenfalls hin. Es zeigte die Uhrzeit an: „7.35 Uhr."

Nach ihrem Gesichtsausdruck zu urteilen, mußte Bonnie tatsächlich schreckliche Angst haben, zu spät zu kommen – sie schien Mulders Worte nicht gehört zu haben.

Als sie den Muffin aus der Mikrowelle nahm, versuchte er es noch einmal. „Mrs. McRoberts, können Sie uns sagen, wie der Tachometer von Ihrem Auto kaputtgegangen ist?"

Hinter Mulder kratzte Spencer sich am Kopf. Von was für einem Tacho redete Mulder?

Bonnie blickte genauso verdutzt drein. Mit einem irritierten Kopfschütteln schnitt sie den Muffin auf und bestrich ihn fahrig mit Erdbeerkonfitüre.

„Mrs. McRoberts!" Mulder hob die Stimme. „Ich glaube, Sie sind mir noch eine Antwort schuldig."

Er versuchte, ihr in die Augen zu sehen, doch sie wandte sich ab. Innerlich bebend starrte sie aus dem Fenster, als sei dort der einzige sichere Ort in der Welt, wohin sie ihren Blick wenden konnte.

„Wer hat es getan?" fragte Mulder wieder etwas sanfter. „Wie ist das passiert?"

Am ganzen Leibe zitternd gab Bonnie zur Antwort: „Das war ich. Ich habe ihn kaputtgemacht. Bitte ... hören Sie auf zu fragen!"

„Warum haben Sie das getan?" setzte Mulder nach.

„Haben Sie auf der Anzeigefläche etwas Seltsames gesehen?“

Mit geschlossenen Augen schüttelte Bonnie hastig den Kopf. Ein leises, trockenes Schluchzen entrang sich ihr.

„Ich kann Ihnen helfen“, lockte Mulder mit sanfter Stimme und trat neben sie. „Sagen Sie mir, was Sie gesehen haben ...“

Vorsichtig berührte er ihre Schulter.

Das genügte. Bonnie riß die Augen auf.

Sie starrte erneut auf die Mikrowelle.

Mulder folgte ihrem Blick.

Was er sah, war die Uhrzeit.

Was *sie* sah, sollte er nie erfahren.

Plötzlich blitzte eine Klinge auf.

Bonnie hatte ein großes Küchenmesser ergriffen und fuhr mit einer ausholenden Bewegung zu ihm herum.

Als die Klinge auf seine Brust zu sauste, riß Mulder den Arm hoch.

Ein heftiger Schmerz im Unterarm ließ ihn zurücktaumeln. Blut färbte seinen Ärmel rot.

Hinter sich hörte er Spencer schreien: „Halt!“

Während Mulder zurückwich, warf sich Bonnie mit der ganzen Wucht ihres Körpers gegen ihn. Er verlor das Gleichgewicht, stürzte zu Boden ... und schon war sie wie eine Furie über ihm.

Der tödliche Stahl funkelte im Morgenlicht. Als sie erneut ausholte, blickte Mulder für den Bruchteil einer Sekunde in ihre Augen.

Er sah in eine Nacht ohne Mond, ohne Sterne – in eine umfassende Dunkelheit. Es war der Blick in sein eigenes Grab.

Als er den Schuß hörte, schien der Knall aus weiter Ferne zu kommen ... Sheriff Spencer stand mit rauchender Waffe hinter ihm, sprachloses Entsetzen im Gesicht.

8

Scully saß in Carl Greystones Büro in der FBI-Zentrale. Greystone war ranghöher als sie – und er trieb sie fast zur Verzweiflung. Er interessierte sich nicht für Verbrechensbekämpfung. Er interessierte sich nicht für wissenschaftliche Ermittlungsmethoden. Alles, wofür er sich interessierte, war Geld. Das Geld, das das FBI ausgab oder – wenn es nach Greystone ging – am besten gleich einsparte.

Scully war zu Greystone gekommen, um ihn zu bitten, sie zu Mulder nach Pennsylvania fahren zu lassen.

Das waren doch nur ein paar hundert Meilen, argumentierte sie. Und Mulder brauchte sie.

„Es ist nicht nur, weil er verletzt ist", erklärte sie. „Was mir viel mehr Sorgen bereitet, ist sein geistiger Zustand. Ich habe Agent Mulder noch nie so entmutigt erlebt. Gewöhnlich genießt er es, Licht ins Dunkel zu bringen und das Mysteriöse zu durchleuchten. Aber dieser Fall ist offenbar viel schwieriger, als er zunächst angenommen hat."

Greystone schüttelte den Kopf. Er schüttelte ihn schon seit Minuten, seit Scully ihre Bitte zum erstenmal geäußert hatte. Er schien bereit und fähig, den Kopf für immer zu schütteln.

„Ich brauche Ihnen wohl nicht erst zu sagen, daß wir

aufgrund jüngster Haushaltsmittelkürzungen gezwungen sind, unsere Ausgaben auf das absolute Minimum zu beschränken?" Seine Stimme hätte aus einem Computer kommen können. „Auch wenn Ihre Fahrtkosten relativ niedrig wären, könnten Ihre Übernachtungskosten und Ihr Tagegeld doch ins uferlose wachsen, denn keiner weiß, wie lange die Ermittlungen dauern werden. Agent Mulder ist nicht so schlimm verletzt, daß er die Ermittlungen nicht weiterführen könnte. Eine entsprechende Kostenermittlung hat ergeben, daß Sie und Ihr Partner sich weiterhin darauf beschränken sollten, per Modem zu kommunizieren."

„Mit anderen Worten, es ist billiger, eine Leiche hierher zu transportieren als mich an den Schauplatz des Verbrechens", murrte Scully. Jetzt war sie an der Reihe, den Kopf zu schütteln.

„Exakt", erwiderte Greystone, ihren Tonfall ignorierend. „Eine Leiche benötigt kein Hotelzimmer und dreimal Essen am Tag."

Seufzend erhob sich Scully. „Ich hoffe nur, daß Mulder hier nicht eines Tages als eine solche Leiche auftaucht!"

„Ich glaube, Ihre Sorgen um Ihren Partner sind etwas übertrieben", erwiderte er versöhnlich. „Der Fall mag ja recht rätselhaft sein, aber besonders bedrohlich ist er doch sicherlich nicht."

„Nur nicht, wenn man nicht in Franklin, Pennsylvania, lebt ... Man kann sich wohl kaum an einem Ort sicher fühlen, wo man nicht weiß, wer als nächster ermordet wird – oder wer als nächster mordet."

„Nun, dann schlage ich vor, Sie machen sich gleich an die Arbeit und klären dieses kleine Geheimnis auf“, schloß Greystone ihr Gespräch. „Im Labor warten sowohl die Leiche eines Opfers als auch ein toter Mörder auf Sie.“

Zumindest in diesem Punkt hat Greystone recht, sagte sich Scully, als sie sein Büro verließ. Vor etwa einer Stunde war die Leiche von Bonnie McRoberts im FBI-Labor eingetroffen.

Scully ging geradewegs zur Autopsie. Dort zog sie sich einen Kittel und Gummihandschuhe an, setzte eine Schutzbrille auf und schaltete die Operationslampe an.

Bonnies totenbleicher Körper lag auf einem schneeweißen Laken. Abgesehen von den vier Schußwunden war ihr Körper in ausgezeichneter Verfassung.

Über ihrem Kopf hängte Scully ein Mikrophon auf und schloß es an ein Tonbandgerät an, das sie einschaltete, bevor sie den ersten Schnitt machte.

Sie ging völlig in ihrer Arbeit auf. Ruhig und sachlich sprach sie ihre Befunde ins Mikrophon. Wie Carl Greystone tat sie ihren Job: kühl und professionell, ungerührt. Mit analytischer Schärfe und vor allem mit der nötigen Distanz.

Diese ruhige Stimme konnte Mulder beinahe hören, als er Scullys Bericht über Bonnie McRoberts las.

Er saß in seinem Hotelzimmer, seinen Laptop vor sich, und las Scullys Worte, wie sie flüssig und ohne große Pausen auf dem Bildschirm erschienen.

„Bei dieser Untersuchung habe ich verschiedene ungewöhnliche Dinge entdeckt. Bei den Autopsien der zuvor getöteten Mörder sind sie nicht gefunden worden, obwohl es möglich ist, daß sie auch da schon vorhanden waren“, konstatierte Scully. *„Eines gewaltsamen Todes Gestorbene weisen bekanntlich einen hohen Adrenalinspiegel auf, einen ungefähr doppelt so hohen wie die eines natürlichen Todes Gestorbene. Bonnie McRoberts' Adrenalinspiegel war jedoch* zweihundertmal *so hoch wie normal.“*

Mulders Augen weiteten sich. Adrenalin ist ... ein ganz besonderer Stoff, überlegte er. In Augenblicken von Angst oder Wut wird er von den Adrenaldrüsen in den Nebennieren ausgeschüttet. Es ist die Reaktion des Körpers auf Gefahr oder Streß, und in extremen Fällen kann es Ausbrüche übermenschlicher Kraft bewirken. Es hat Menschen gegeben, erinnerte sich Mulder, die unter seinem Einfluß mit bloßen Händen Autos vom Boden angehoben haben. Nicht auszudenken, wozu ein Mensch mit einem zweihundertmal höheren Adrenalinspiegel fähig war.

Doch in einem Punkt sah Mulder jetzt klarer. So viel Adrenalin war zweifellos mehr als genug, um einem Menschen die nötige Kraft und Schnelligkeit zu verleihen, innerhalb weniger Sekunden vier Menschen in einem Fahrstuhl abzustechen. Und ihm wurde bewußt, daß er von Glück sagen konnte, nach seiner ... Begegnung mit Bonnie McRoberts noch am Leben zu sein.

Er strich sich über den verbundenen Arm und wandte sich wieder Scullys Bericht zu.

„Die Nebennieren der Frau weisen beträchtliche Schäden auf, die aber nicht auf eine Krankheit zurückzuführen sind. Die Schäden scheinen von übermäßiger Beanspruchung herzurühren – von anhaltender und ungewöhnlich starker Belastung. Auch in anderen Körperteilen finden sich Anhaltspunkte für außergewöhnlich häufiges Auftreten von heftiger Angst oder Wut."

Mulder erinnerte sich, daß Bonnie McRoberts ungewöhnlich große Angst gehabt hatte, zu spät zur Arbeit zu kommen. Er nahm sich vor, sich einmal anzusehen, wo und unter welchen Bedingungen sie gearbeitet hatte. Dann konzentrierte er sich wieder auf Scullys Worte.

„Mein abschließender Test galt der Flüssigkeit, die ich ihrem Augapfel entnommen habe. Ich habe darin eine hohe Konzentration einer unbekannten chemischen Verbindung gefunden. Diese Substanz hat starke Ähnlichkeit mit derjenigen, die ich am Finger eines anderen Täters gefunden habe."

Also besteht ein Zusammenhang zwischen Gary Taber und Bonnie McRoberts, sagte sich Mulder, immerhin ein Hinweis, vielleicht eine Spur. Er beugte sich etwas näher an den Bildschirm heran, um ja kein Wort von Scullys Analyse zu verpassen.

„Um sicher zu sein, bedarf es noch weiterer Tests, dennoch möchte ich meine Vermutung nicht zurückhalten. Ich bin der Meinung, daß dieser unbekannte

Stoff eine äußerst wirksame Substanz ergibt, wenn er sich mit Adrenalin und anderen Stoffen vermischt, die der Körper im Zustand von Angst oder Wut produziert. Diese Substanz ähnelt, wenn sie ihr auch nicht völlig gleichen mag, Lysergsäure-Diäthylamid.“

Mulder mußte nicht darauf warten, daß Scully erklärte, was Lysergsäure-Diäthylamid war. Er wußte es. Diese Substanz konnte den menschlichen Verstand verdrehen wie eine Brezel. Sie konnte ihn auf den Kopf stellen, völlig umkrempeln, konnte ihn wie eine Rakete ins All schießen und ihn in eine Millionen Farben explodieren lassen.

All diese Vorstellungen wirbelten durch Mulders Kopf, als er gedankenverloren auf Scullys letztes Wort zu diesem Thema starrte:

„LSD.“

9

Ed Funsch wischte sich den Schweiß von der Stirn. Er hatte Angst. Nicht, daß das ungewöhnlich gewesen wäre – er schien in letzter Zeit ständig Angst zu haben.

Auch war er noch nie so wütend gewesen ... in den letzten Tagen hatte eine Hiobsbotschaft die andere gejagt. Daß er seine Anstellung bei der Post verloren hatte, war nur der Tropfen, der das Faß zum Überlaufen brachte. Der Job war nichts Besonderes gewesen, doch Ed hatte zumindest gedacht, daß er sicher wäre. Haha, ein guter Witz! Bloß, der Spaß ging auf seine Kosten – hätte das nicht jedem genügt, um durchzudrehen?

„He, Ed, nimm dich zusammen!“ sagte er sich. „Du kannst dir hier nicht anmerken lassen, daß du stocksauer bist. Keiner stellt einen verbiesterten Verlierer ein ... genau wie niemand diese Sachen glauben wird, die du ständig auf irgendwelchen Bildschirmen siehst. Die sperren dich höchstens in die Klapsmühle ... Du mußt dir nur immer wieder sagen, daß die ganze Geschichte bloß ein böser Traum ist. Hey, Du brauchst nur aufzuwachen, und alles ist wieder gut.“

Nervös warf Ed ein paar Blicke auf die Leute, die mit ihm in der Reihe standen. Er befürchtete, seine Lippen hätten sich bewegt und man könnte ihn für verrückt halten. Erleichtert stellte er fest, daß er sich entspannen konnte. Niemand achtete auf ihn.

In der Schlange ging es schnell vorwärts, und ein paar Minuten später war Ed an der Reihe.

Hinter dem Schalter taxierte ihn ein gelangweilter Mann in Hemdsärmeln von oben bis unten an.

„Ja?"

„Ich dachte", sagte Ed, „wenn Superstores Arbeitskräfte benötigt ..." „Ich meine, ich könnte alles tun. Verkaufen, Waren ausliefern. Im Lager arbeiten. Oder vielleicht als Nachtwächter. Wenn Sie jemanden zum Saubermachen brauchen, wissen Sie, den Boden wischen, die Fenster putzen und so. Egal, in welcher Schicht Sie Leute brauchen. Und es muß auch nicht unbedingt in dem Kaufhaus hier sein. Ich meine, ich weiß, daß Sie eine große Kette sind. Ich gehe überall hin, wo sie eine freie Stelle haben."

Der Personalbeauftragte musterte Ed noch einmal prüfend. Ed wußte genau, was der Angestellte sah: einen zweiundfünfzigjährigen verbrauchten Mann in einem billigen Anzug, einem Hemd mit durchgescheuertem Kragen, einem schäbigen Schlips und Schuhen mit abgelaufenen Absätzen.

Und noch bevor der Mann den Mund aufmachte, wußte Ed, was er sagen würde.

„Tut mir leid, aber wir stellen niemanden ein. Vielleicht in ein paar Monaten, wenn das Weihnachtsgeschäft anläuft."

Na klar, dachte Ed, das glaub ich dir. Genau, wie ich an den Weihnachtsmann glaube!

„Trotzdem vielen Dank!“ zwang er sich zu sagen. Mit hängenden Schultern verließ er den Schalter und schlurfte zum Ausgang. Auf dem Weg fiel ihm ein, daß er noch in die Lebensmittelabteilung wollte, um sich eine Dose Bohnen zum Abendessen zu holen.

Doch er kam nicht bis in die Lebensmittelabteilung. Er wurde von einem großen Schild aufgehalten, das ihm direkt ins Auge sprang.

„BLUT“, schrie es in leuchtend roten Lettern.

Das Schild war an einem Stand angebracht, an dem zwei lächelnde Damen mittleren Alters saßen und freundlich miteinander plauderten.

Die eine bemerkte, daß Ed wie vom Donner gerührt vor dem Stand stehengeblieben war. „Sir, dürfen wir Sie bitten, sich für die Blutspendeaktion der Stadt einzutragen?“ fragte sie ihn mit klarer Stimme.

Die andere strahlte Ed an und hielt ihm einen Kugelschreiber hin.

Ihr Lächeln gefror zu einer grotesken Grimasse, als sie Eds Reaktion sah. Das Wort „BLUT“ verschwamm vor seinen Augen, als wären die roten Buchstaben tatsächlich mit dickflüssigem, frischem Blut geschrieben worden.

Er torkelte von dem Stand weg und stieß mit einer Frau zusammen, die ein Baby auf dem Rücken trug.

„Sorry, Ma’am, sorry“, murmelte Ed, rieb sich die Augen und stolperte weiter vorwärts.

Plötzlich fand er sich in der Fernsehabteilung wieder. Zwanzig Geräte liefen gleichzeitig und zeigten je ein anderes Programm.

Verzweifelt starrte Ed auf die Mattscheiben, als könne die Bilderflut das leuchtend rote Wort aus seinem Hirn vertreiben. Fernsehen war schon immer eine Schwäche von ihm gewesen, die einzige Möglichkeit, die er kannte, sich von seinen Schwierigkeiten abzulenken. Und für eine Weile verschafften ihm die bunten Bilderwelten auch jetzt Erleichterung.

Er sah einen Trickfilm, in dem eine Katze eine Maus jagte, und lachte. Er sah, wie ein Meteorologe auf ein Satellitenfoto zeigte, und entspannte sich. Er sah eine Frau, die goldene Armreifen verkaufte, einen Mann, der über einen Ticker laufende Börsenkurse erläuterte, einen Patienten auf dem Operationstisch in einer Seifenoper und einen Pitcher, der einen effektvollen Curveball warf.

Doch dann veränderten sich die Bilder, und Eds Augen wurden immer größer.

Er sah, wie ein Mann von Polizisten brutal geschlagen wurde. Er sah einen Heckenschützen, der vom Dach eines Gebäudes aus auf unschuldige Menschen schoß. Skinheads, die ihren Haß hinausschrien, und einen Serienmörder, der gelassen über seine Greueltaten sprach. Er sah den ganzen Alptraum alltäglicher Gewalt in Amerika.

„Nein ... nein ... nein!“ stieß er hervor und trat einen Schritt zurück. Doch er konnte den Blick nicht abwenden, als immer neue Bilder aufleuchteten ... immer schneller, greller und blutrünstiger.

Sein Blick fiel auf den einzigen Fernseher, der keine Bilder zeigte.

Er war wohltuend schwarz, doch dann flackerten die Worte auf: „HINTER DIR."

Ed drehte sich um.

Er sah Jagdgewehre. Ganze Regale voll, hinter Glas, käuflich zu erwerben für jedermann. Qualitätsarbeit zu niedrigen Preisen.

Ed blinzelte und wandte sich wieder dem Fernseher zu.

Die Botschaft war schlicht und ergreifend.

„TU ES!"

[illegible]

[illegible]

[illegible]

[illegible]

10

Mulder reiste nach Washington, um die Lone Gunmen zu treffen, drei skurrile Typen, die für ihn beinahe schon so etwas wie Freunde waren – zu oft hatten sie ihm schon aus der Patsche geholfen.

Das Trio, mit bürgerlichem Namen Byers, Langly und Frohike, publizierte von seinem Washingtoner Büro aus ein Magazin, das sie ins Internet einspeisten – und auch sonst verbreitete es seine Ansichten und Meinungen ungefragt im ganzen Land und dank der modernen Kommunikationstechniken in aller Welt.

Mulder war von Franklin nach Washington geflogen. Den Flug hin und zurück hatte er aus eigener Tasche bezahlt, denn für *diesen* Besuch hätten seine Vorgesetzten auf gar keinen Fall Geld locker gemacht. In den Augen des FBI galt neben Byers, Langly und Frohike selbst Mulder als „normal".

Auch Mulder mußte zugeben, daß die drei ungewöhnlich waren. Doch vieles, was in der Welt vor sich ging, war ungewöhnlich. Es gab genügend Dinge, die selbst die ganz besonders Schlauen im Bureau in ihrer Engstirnigkeit nicht erklären konnten ... wenn sie nicht lieber gleich einen weiten Bogen darum machten. Und Mulders neuestes Problem war weiß Gott verrückt genug, um mal wieder Kontakt mit den Lone Gunmen aufzunehmen und sich auf ihre verworrenen Pfade finsterer Geheimnisse und verborgener Gefahren zu begeben.

Mulder sah, wie ihre Augen aufleuchteten, als er ihnen erzählte, was geschehen war.

„Ich befand mich in Franklin, Pennsylvania ... Es war früh am Morgen. Ich joggte. Ihr wißt schon, ich brauche diese körperliche Betätigung, und ich wollte einen klaren Kopf bekommen, denn ich arbeite dort an einem Fall ... aber ich will mich nicht in Details verlieren. Ich will lieber gleich zum Grund meines Besuchs kommen."

„Tun Sie das!" brummte Byers.

„Ja", pflichtete Langly ihm bei.

„Sie wissen, daß wir immer bereitwillig helfen", griente Frohike. „Auch wenn Sie für die Regierung arbeiten."

„Für uns steht es ja außer Frage, daß Sie nicht ewig dort bleiben werden", verkündete Byers. „Sie machen viel zu viel Wind. Eines Tages wird man dort zur Besinnung kommen und Sie vor die Tür setzen. Oder umgekehrt, Sie werden zur Vernunft kommen, und dann kommen Sie zu uns. Wir haben hier immer einen Platz für Sie, Foxie, alter Junge."

„Ganz zu schweigen von Ihrer Partnerin Scully." Frohikes Grinsen wurde breit und breiter. „Wo steckt die kleine Lady überhaupt?"

„Sie würde nicht mit hierher kommen", meinte Mulder amüsiert. „Außerdem bin ich mir sicher – Sie werden jetzt nicht über Scully reden wollen, wenn Sie statt dessen über Fliegen reden können."

„Hmmm ...“ Frohike schien enttäuscht. „Fliegen. Was hat es damit auf sich?“

„Wie ich schon sagte, neulich bin ich früh am Morgen gejoggt, und da sah ich einen Geländewagen mit einem Wohnanhänger hinten dran vorbeifahren. Eine Hand langte heraus und warf etwas aus dem Fenster, lauter kleine schwarze Dinger. Als der Wagen außer Sichtweite war, bin ich zu der Stelle hingelaufen, um nachzusehen, was es war. Es waren Fliegen, Hunderte lebende Fliegen. Hier, eine davon hab ich mitgebracht.“

Mulder griff in die Tasche und holte einen Plastikbeutel hervor. Die Fliege hatte die Reise nicht überlebt. Er schüttete sie auf den Tisch.

„Und noch eins“, sagte er gedehnt. „Der Geländewagen hatte ein Emblem auf den Türen ... Das der Stadtverwaltung.“

Das genügte. Schon scharten sich Byers, Langly und Frohike um das tote Insekt, und Mulder konnte förmlich sehen, wie es in ihren Hirnen arbeitete.

Der Reihe nach betrachteten sie die Fliege durch eine sehr stark vergrößernde Lupe.

„In der April-Ausgabe unseres Magazins“, sagte Byers zu Mulder, „haben wir einen Artikel über die neueste Miniatur-Videokamera der CIA gebracht. Modell CCDTH7321, um genau zu sein.“

„Sie ist so winzig, daß sie einer Fliege auf den Rücken geschnallt werden kann“, fügte Langly hinzu, ohne den Kopf zu heben.

„Klingt faszinierend. Man stelle sich mal vor, eine

solche Fliege befände sich beim Präsidenten im Oval Office“, bemerkte Mulder.

„Das brauche ich mir nicht vorzustellen“, sagte Frohike mit einem süffisanten Lächeln.

„Und ist diese Fliege zum Observieren ausgerüstet?“

„Leider nicht.“ Frohike zuckte die Achseln.

Byers blätterte in einem Nachschlagewerk.

„Das ist eine eurasische Fruchtfliege“, verkündete er. „Sie befallen die Vegetation, häufig Obstarten wie Äpfel und Kirschen. Sie können einen ganz schönen Schaden anrichten.“

„Sagten Sie nicht, Sie seien in Franklin gewesen, Agent Mulder?“ vergewisserte sich Langly. „In dieser Gegend wird sehr viel Obst angebaut. Vielleicht sind diese ausgesetzten Fliegen zuvor bestrahlt worden, um die Schmarotzer zu bekämpfen. Das ist besser als Pestizide. Durch die Bestrahlung werden die Fliegen unfruchtbar, und wenn sie dann wieder freigelassen werden und sich unter die anderen Fliegen mischen, können die sich nicht mehr so explosionsartig vermehren.“

„He, Moment mal!“ warf Byers ein. „Es könnte auch noch eine andere Erklärung geben. Was, wenn nun Agenten aus südamerikanischen Agrarstaaten – natürlich als Angestellte der Stadtverwaltung von Franklin verkleidet – dort fruchtbare Fliegen ausgesetzt haben, damit sie die Ernte vernichten?“

„Tut mir leid, Byers, aber Langly hat recht“, sagte Frohike, der die Fliege noch einmal eingehend untersucht hatte. „Diese Fliege ist radioaktiv bestrahlt worden."

Mulder klopfte Byers auf den Rücken: „Trotzdem, Ihr Gedanke war auch nicht schlecht."

„Sonst noch Probleme, die Sie gelöst haben möchten?" fragte Langly und lehnte sich zufrieden zurück. „Die Lone Gunmen treffen immer ins Schwarze."

„Eines noch", sagte Mulder. Er öffnete seine Tasche und nahm ein Blatt Papier heraus.

„Das hier ist das Ergebnis einer chemischen Analyse des FBI-Labors." Er legte das Blatt auf den Tisch. „Wissen Sie etwas über diese Substanz?"

Byers, Langly und Frohike warfen einen Blick auf das Papier – dann kicherten sie.

„Offensichtlich haben Sie unsere August-Ausgabe nicht gelesen ..."

„Verzeihen Sie, meine Herren", sagte Mulder und hob theatralisch die Hände, „aber es kam am gleichen Tag wie mein Exemplar von *Popular Science*."

„Kommen Sie hier herüber!"

Mulder folgte Byers an einen Tisch voller Videokassetten. Sein Blick huschte über die Titel: *Das JFK-Attentat*; *Das Bobby-Kennedy-Attentat*; *Das Martin-Luther-King-Attentat*; *Nixon, Teil I*; *Nixon, Teil II*; *Irangate*; *Die Oktober-Überraschung*; *Die CIA*; *Das FBI*.

Mulder nahm *Das FBI* in die Hand.

„Etwas, das ich wissen sollte?" fragte er mit gerunzelter Stirn.

„Nichts, was Sie wahrscheinlich nicht schon vermuten“, sagte Byers, immer noch auf der Suche nach dem Video, das er zeigen wollte. „Hier ist es ja. *Toxische Pestizide.*“

Byers steckte die Kassette in einen Videorecorder. Ehe er ihn einschaltete, sagte er zu Mulder: „Die Substanz in Ihrem Protokoll ist Lysergsäure-Dimethrin. Das ist ein Insektizid, das sich noch in der Erprobungsphase befindet und daher noch nicht eingesetzt wird. Es soll als Pheromon wirken.“

„Als Pheromon?“ hakte Mulder nach. „Das ist doch ein Wirkstoff, der Angstzustände hervorruft, richtig?“

„Richtig“, schaltete Langly sich ein. „Dieses LSDM wird auf die Pflanze gesprüht. Es erzeugt Angst bei dem Schmarotzer, der sie befallen hat. ‚Verschwinde hier! Hier besteht Gefahr!‘ suggeriert es dem Schädling. Das Insekt reagiert darauf und verduftet.“

„Hört sich doch gut an“, meinte Mulder.

„In bezug auf Insektizide hört sich alles gut an … wenn man denen glauben soll, die sie herstellen“, knurrte Langly.

„Aber Sie sagten doch, es wird nicht angewendet?“

„Weil es nicht erlaubt ist. Zumindest solange nicht, wie es keine behördliche Zulassung hat, aber die könnte es schnell bekommen.“

„Ist es möglich, daß dieser Stoff für Menschen schädlich sein kann?“

„Möglich? Schauen Sie sich mal das hier an“, meldete sich Byers wieder zu Wort und schaltete den Videorecorder an.

In einer alten Wochenschau sahen sie, wie ein Lastauto durch eine Vorstadtsiedlung fuhr und dicke Wolken einer Chemikalie versprühte – auf Rasenflächen, Gärten, Sträucher. Darauf folgte eine Szene, in der ein Arbeiter die Chemikalie in einem dicken Strahl auf herumtollende Kinder in einem Swimmingpool spritzte. Dann kam ein Flugzeug, das gewaltige Mengen über Feldern und Wäldern verteilte.

„Dieser Film stammt aus den fünfziger Jahren“, erläuterte Langly. „Bei der Chemikalie, die hier versprüht wurde, handelte es sich um DDT. Das war ein Insektizid, das die Regierung für ungefährlich hielt und überall einsetzen ließ.“

„Später stellte sich heraus, daß die Menschen, die diesem Stoff ausgesetzt waren, weitaus häufiger an Krebs erkrankten als andere“, fügte Byers hinzu. „Ganz zu schweigen davon, daß damit ganze Arten von Lebewesen ausgerottet wurden.“

„Später räumten die Behörden ein, daß ein *Fehler* gemacht worden sei.“ In Langlys Stimme schwang unterdrückte Wut.

„Doch zu dieser Zeit hatten die Chemiekonzerne ihren Profit bereits auf der Bank – und konnten ihn in die Entwicklung der nächsten Generation von Schädlingsbekämpfungsmitteln investieren“, beendete Byers den Vortrag und schaltete den Videorecorder ab.

„Noch Fragen, Agent Mulder?“

„Ja ... an Frohike." Mulder hatte bemerkt, daß Frohike mit einem Fernglas hantierte. „Ist es das, was ich denke, daß es das ist?"

„Frisch ausgepackt – ich will es gerade noch ein bißchen verbessern." Frohike strahlte vor Begeisterung. Er hielt die Verpackung hoch, auf dem Etikett stand: „Litton M909 Hochleistungs-Nachtsichtgerät."

„Kann ich es ausleihen?"

„Wenn Sie mir Scullys Telefonnummer geben", erwiderte Frohike spitzbübisch.

Mit übertriebener Entrüstung schüttelte Mulder den Kopf. „Glauben Sie wirklich, daß ich wegen eines Fernglases das Privatleben meiner Partnerin in Gefahr bringen würde?"

11

Mulder mußte zugeben, daß das Nachtsichtgerät gut war. Es sah aus wie ein einfaches Fernglas, doch selbst in einer Nacht mit nur wenigen Sternen am Himmel konnte er Obstgärten und Farmhäuser problemlos in der Landschaft ausmachen. Die Welt mochte dunkelgrün und grobkörnig erscheinen, die Objekte darin waren dennoch klar erkennbar.

Mulder saß außerhalb von Franklin auf der Motorhaube seines Mietwagens, am Rand einer Straße, die durch die Obstplantagen führte. Schon seit zwei Stunden wartete er hier, ohne daß er etwas Verdächtiges bemerkt hätte.

Doch dann hörte er es.

Ein schwaches Rumoren in der Ferne.

Als er dieses Rumoren neulich nachts im Büro des Sheriffs vernommen hatte, hatte es wie ferner Donner geklungen.

Hier draußen klang es eher nach einer riesigen Fliege.

Oder wie ein Hubschrauber mit gedämpften Motoren.

Mulder drückte das Fernglas an die Augen und suchte den Himmel ab.

Über der Baumlinie in westlicher Richtung sah er ihn – den schwarzen Umriß eines Helikopters, der ziemlich niedrig flog. Wie Sprühnebel von einem Wasserfall zog er eine Wolke hinter sich her.

Mulder sprang in sein Auto. Das Nachtsichtgerät legte er auf den Beifahrersitz und raste los – dorthin, wo die Wolke niedergegangen war.

Als er ankam, war alles still. Friedlich. Nichts deutete darauf hin, daß irgend etwas geschehen war.

Mulder stellte das Licht ab und stieg aus dem Wagen, das Nachtsichtgerät in der einen Hand, einen Fotoapparat in der anderen.

Er betrachtete die Apfelbäume der Plantage. Schwer hingen die Früchte an den Ästen und warteten darauf, geerntet zu werden.

Von einem der unteren Äste pflückte Mulder einen Apfel und wog ihn einen Moment lang in der Hand. Er sah appetitlich aus, prall und rund, doch nichts lag Mulder ferner, als einen Bissen zu nehmen ... nicht einmal Eva könnte ihn dazu bringen, diesen Apfel zu essen. In einer Labor-Analyse könnte nachgewiesen werden, womit seine Schale überzogen war, und Mulder ahnte schon, wie die Untersuchungsergebnisse ausfallen würden.

Trotzdem wollte er mehr Gewißheit. In Fällen wie diesem konnte man nicht genug Beweise haben – am liebsten hätte er den Hubschrauber bei seinem heimlichen Flug fotografiert.

Wo war er nur hin? War er fertig für diese Nacht?

Mulder spitzte die Ohren, hörte aber nichts.

Mit dem Glas suchte er den Himmel ab. Nichts.

Er ließ die Schultern sinken und ging zum Auto zurück. Vielleicht eine andere Nacht ... die Sprühaktionen würden bestimmt fortgesetzt werden.

Doch plötzlich kam das Rumoren wieder, donnerte viel zu schnell heran und erfüllte die Nacht.

Die Bäume bebten, die Äste schwankten wild im Rotorenwind.

Mulder ließ sich zu Boden fallen und rollte sich schützend zusammen.

Doch es gab kein Entrinnen vor der dunklen Wolke, die auf ihn herabregnete und ihn einhüllte.

Mulder rang nach Luft. Er hatte das Gefühl, erstikken zu müssen.

Jetzt brauche ich keine Beweise mehr, war sein letzter Gedanke, bevor er röchelnd in Ohnmacht fiel.

Er selbst war der Beweis.

County Supervisor Larry Winter versuchte, alles zu leugnen.

„Heimlich operierende Hubschrauber?“ fragte er. „Experimentelle Pestizide? Und das soll die Ursache für die Gewaltverbrechen sein? Hören Sie, Agent Mulder, es tut mir leid, daß Sie einen Unfall hatten. Aber der scheint sich auf Ihren Geisteszustand ausgewirkt zu haben. Sie phantasieren ja.“

„Ich sage Ihnen, ich habe den Helikopter mit eigenen Augen gesehen – von zwei verschiedenen Orten aus.“ Mulder wurde wütend. Er versuchte, sich in seinem Krankenhausbett aufzurichten.

Sheriff Spencer stellte sich neben Winter, für den Fall, daß Mulder gewalttätig wurde. Der G-man sah ein bißchen labil aus.

Doch Spencer brauchte sich keine Sorgen zu machen. Sanft, aber entschieden drückte eine schlanke Hand Mulder nieder.

„Beruhigen Sie sich, Partner“, sagte Scully. „Ich möchte noch eine Blutprobe nehmen.“

Mulder knurrte, als sie ihn in den Arm stach.

„Sie haben mir schon so viel Blut entnommen, daß Sie damit eine ganze Blutbank überschwemmen könnten“, beklagte er sich.

„Tut mir leid, Mulder, aber ich möchte ein paar zusätzliche Tests vornehmen.“

Scully verschloß die Phiole mit Blut und legte sie auf ein Tischchen. In der Wissenschaft konnte man sich seiner Sache nie sicher genug sein. Und je mehr Tests sie vornahm, desto mehr konnte sie unter Beweis stellen, daß sie hier tatsächlich gebraucht wurde. Selbst als die Nachricht von Mulders Unfall die FBI-Zentrale erreicht hatte, war es nicht leicht gewesen, die Zustimmung für die Fahrt nach Pennsylvania zu erhalten. Scully hatte den hohen Tieren des Bureaus erst in schillernden Farben ausmalen müssen, was passieren könnte, wenn Mulder aufgrund des Giftkontakts die Selbstbeherrschung verlöre. Es war ihnen nicht schwer gefallen, ihr zu folgen ... Genaugenommen war die Möglichkeit, daß Mulder eines Tages endgültig in andere Welten abdriften würde, einer ihrer Alpträume. Und so waren sie schnell einverstanden gewesen, das Budget zu überziehen und Scully als rettenden Engel nach Franklin zu schikken.

Und Scully lag mit ihrem Schauermärchen gar

nicht so verkehrt. Gerade in diesem Augenblick geriet Mulder heftig in Rage.

„Schauen Sie sich meine Haare an!“ forderte er Winter auf. „Fühlen Sie meine Haut! Dieses Zeug klebt noch immer an mir.“

Winter reagierte mit Geringschätzung. „Ich habe mich über Sie informiert, Agent Mulder. Und ich habe von Ihren verrückten Ideen erfahren. Sie sind hier in Franklin, Pennsylvania. Nicht auf dem Mars.“

„Versuchen Sie nicht, die Schuld anderen zuzuschieben!“ blaffte Mulder. „Tun Sie nicht, als wären Sie ein Opfer ungerechtfertigter Verdächtigungen, wenn andere tot sind!“

Winter starrte Mulder wütend an. „Mann, halten Sie die Luft an! Überlegen Sie sich, mit wem Sie sprechen!“

„Ich weiß genau, mit wem ich spreche! Ich spreche mit einem Mann, der für illegales Versprühen von Insektiziden verantwortlich ist. Je eher Sie das zugeben, desto eher wird es aufhören, daß die Menschen hier sterben müssen. Die Mörder lebten alle in der Nähe stark besprühter Gebiete.“

Mulder und Winter funkelten sich an. Beinah konnte Scully die Funken fliegen sehen.

„Sie leben nicht hier, Mulder ... Aber ich lebe hier. Mein Herz hängt an dieser Stadt. Ich habe drei Kinder hier. Und die werde ich doch nicht mit Gift besprühen!“

„Wenn das Sprühen so ungefährlich ist – warum wird es dann heimlich gemacht?“

„Ich möchte nur wissen, wofür oder wogegen Sie hier zu Felde ziehen wollen", wich Winter aus. „Arbeiten Sie für das FBI oder für solche *sogenannten* Umweltschützer wie ‚Rettet die Wale' oder ‚Schützt die Eulen'?"

Plötzlich mischte sich Spencer in das Gespräch. Bisher hatte er still dabei gestanden und nur zugehört. Seine Stimme klang harsch.

„Beantworte die Frage, Larry! Wird hier gesprüht?"

Eine plötzliche Stille erfüllte den Raum.

Winter räusperte sich und sagte trotzig: „Diese Gegend hier lebt von dem Geld, das mit Obst verdient wird. Geht die Ernte kaputt, dann auch die Farmen, die Lagerhäuser, die Banken, alles. Wo sollen die Leute dann Arbeit finden? Womit sollen sie dann Wohnung, Kleidung, Nahrung für sich und ihre Kinder bezahlen?"

Wieder eisiges Schweigen.

„Jeder einzelne Baum hier ist von Schädlingen bedroht. Die bestrahlten Fliegen, die wir eingesetzt haben, zeigten nicht schnell genug Wirkung. Und wenn wir erst auf die behördliche Genehmigung zum Sprühen gewartet hätten, wäre die Ernte inzwischen völlig vernichtet ... Das Leben der Menschen wäre von ein paar Fliegen ruiniert!"

„Ruiniert?" wiederholte Spencer kopfschüttelnd. „Dreiundzwanzig Menschen haben sterben müssen!"

„Es gibt keinerlei Beweis dafür, daß das Sprühmittel Gewaltverbrechen verursachen soll", schnappte

Winter. „Vielmehr ist seine Unbedenklichkeit erwiesen.“

„Von wem?“ Mulders Stimme war schneidend. Er richtete sich erneut im Bett auf, und diesmal hielt ihn Scully nicht zurück. „Wer hat das nachgewiesen und wie?“

„Die Herstellerfirma hat mir die Resultate dreijähriger Untersuchungen vorgelegt“, verkündete Winter.

„Welcher Art waren die Untersuchungen?“

„Tests an Ratten. Ein allgemein übliches Verfahren.“

„Nur daß Menschen bisweilen ein bißchen anders sind als Ratten – manche jedenfalls!“ sagte Mulder gedehnt und bohrte seinen Blick in Winters Augen.

„Untersuchungen über die Auswirkung auf Menschen sind in Planung – was Umweltschützern und solchen Spinnern wie Ihnen zu verdanken ist.“ Winter geriet immer mehr in die Defensive. „Aber es gibt überhaupt gar keinen Grund zu der Annahme, daß die Ergebnisse anders sein sollten. Und ... wie ich schon sagte, das Ganze würde den Einsatz dieses wertvollen Mittels bloß auf Jahre hinaus verzögern.“

„Statt dessen haben Sie die Leute hier zu menschlichen Versuchskaninchen gemacht.“ Mulder deutete anklagend mit dem Finger auf Winter. „Mehr noch, Sie haben sie zu Opfern gemacht!“

„Ich werde keine Verantwortung für etwas übernehmen, das nicht erwiesenermaßen schädlich ist“, erklärte Winter fest. „Und ich fordere Sie auf, zu beweisen, daß LSDM das bewirkt, was Sie behaupten.“

Mulder wandte sich an Scully.

Doch bevor er sie bitten konnte, ihm Schützenhilfe zu leisten, sagte sie: „Er hat recht, Mulder."

Mulder schnappte nach Luft.

„Tut mir leid, Mulder", fuhr Scully fort. „Ich wünschte, ich könnte sagen, ich bin mitten in der Nacht dreihundert Meilen geflogen, um Tests vorzunehmen, die beweisen, daß Sie drauf und dran sind, der nächste Massenmörder zu werden. Doch ich kann kein Anzeichen dafür erkennen, daß das LSDM eine ernstliche Auswirkung auf Sie hat. Und das, obwohl Sie eine ganz schöne Dosis davon abbekommen haben."

„Aber Scully, Ihre letzte Autopsie hat doch eindeutig ergeben, daß der Mörder chemische Abnormitäten aufwies", wandte Mulder kläglich ein.

„Ja – Sie aber nicht", erwiderte Scully. „Sie sind der lebende Beweis dafür, daß die Rückstände in Tabers Leiche nicht daher kommen, daß er LSDM ausgesetzt gewesen ist."

Mulder sank wieder ins Bett.

Fassungslos starrte er zur Decke und versuchte, seine Gedanken zu ordnen.

Doch alles, was er wahrnehmen konnte, war der Fernsehapparat, der an der Decke hing. Mulder hatte den Ton abgestellt, als seine Besucher gekommen waren, doch der Apparat war noch an. Und jetzt wurde sein Blick wie ein Magnet auf die Mattscheibe gezogen.

Er konnte die Augen nicht abwenden von der Mitteilung, die dort in flammendroten Lettern Rot erstrahlte.

„TU ES!“

Seine Augen weiteten sich, während die Schrift immer größer und die Aufforderung immer drängender wurde.

„NUN TU ES!“

12

Mulder starrte auf den Fernsehschirm.

Er knirschte mit den Zähnen, seine Hände ballten sich zu Fäusten.

Dann entspannte er sich wieder und fuhr sich erleichtert durchs Haar.

Die rote Schrift war verschwunden, und an ihrer Stelle war eine junge Frau im Body-Suit zu sehen, die mit einem strahlenden Lächeln auf den Lippen Aerobic-Übungen vorführte.

Immer noch auf den Bildschirm starrend, griff Mulder nach der Fernbedienung auf dem Nachtschränkchen und stellte den Ton an.

„Ja, tun Sie's!“ verkündete ein Ansager. „Tun Sie's jetzt – bevor unser Sonderangebot ausläuft! Werden Sie Mitglied in Franklins neuestem und modernstem Fitneßklub – und das zum halben Preis!“

Mulder schaltete den Apparat aus, fixierte aber weiterhin den Bildschirm.

Er wußte, daß man nie vorhersagen konnte, wann oder wo sich die Lösung eines Falles ergeben würde. Er wußte nur, daß in den Tiefen des Bewußtseins alles, was man bei Ermittlungen sah und hörte, wie in einem Computer gespeichert und verarbeitet wurde. Und irgendwann wurde durch irgendein Ereignis die richtige Taste gedrückt, und plötzlich sah man klar.

„Hey, Mulder!“ Scully rüttelte ihn sacht an der Schulter. „Ich wußte gar nicht, daß Sie so ein Fernsehnarr sind. Ich möchte Sie nicht gern stören, aber könnten Sie vielleicht nochmal einen Augenblick zu unserer Diskussion zurückkehren. Wir brauchen noch ein paar Antworten. Genaugenommen brauchen wir noch alle Antworten.“

„Scully, kennen Sie sich aus mit subliminalen Botschaften?“ fragte Mulder wie in Trance.

„Was?“ brummelte Larry Winter vor sich hin.

Scully jedoch nahm Mulders Bemerkung ernst. Sie war es gewohnt, daß er Pässe in den freien Raum spielte.

„Subliminale Botschaften?“ fragte sie nach. „Natürlich. Mitunter wird behauptet, daß in manchen Werbespots gewisse Botschaften versteckt sind. Botschaften, die man gar nicht bewußt sieht oder hört. Botschaften, die einem unbemerkt ins Unterbewußtsein eindringen. Das können Wörter sein, die von Eiswürfeln geformt werden. Stimmen, die von ohrenbetäubender Musik verdeckt sind. Oder Bilder, die ganz kurz und dadurch unbemerkt eingeblendet werden.“

„Richtig“, nickte Mulder.

„Mulder, die Leute, die glauben, daß sie mit subliminalen Mitteilungen bombardiert werden, sind dieselben Leute, die glauben, daß alles Bestandteil einer riesigen Verschwörung gegen sie ist ... Wie diese Freunde von Ihnen, die Lone Gunmen.“

„Scully, ich möchte Sie daran erinnern, daß in manchen Kaufhäusern die Musik mit subliminalen Botschaften hinterlegt wird, um Diebstahl zu verhindern. Und das sind nicht die einzigen, die so etwas tun. Diese Technik ist weit verbreitet, und sie ist wirkungsvoll."

Scully seufzte. „Okay, okay. Man bedient sich dieser Technik, wenn auch nicht in solchem Ausmaß. Doch was hat das mit dem Versprühen von LSDM zu tun?"

„Von jedem der Mörder sind elektronische Geräte zerstört worden", sagte Mulder langsam.

„Ich warte immer noch auf eine Erklärung ..."

„Das Insektizid LSDM soll bei Fruchtfliegen Angst hervorrufen. Was, wenn dieses Zeug bei Menschen dieselbe Reaktion bewirkt?"

„Das glaube ich weniger, Mulder. Zweifellos haben sehr viele Menschen eine gewaltige Dosis davon abbekommen, aber nur eine Handvoll sind zu Mördern geworden."

„Vielleicht verkehrt sich aber bei denjenigen, die stark unter Streß stehen, die Wirkung der Chemikalie ins Gegenteil – und sie werden aggressiv", gab Mulder zu bedenken. „Es ist bekannt, daß Streß die Abwehrkräfte eines Menschen gegen Krankheiten schwächt. Vielleicht schwächt er auch die Abwehrkräfte gegen LSDM. Wir wissen mit Sicherheit, daß die beiden letzten Mörder sehr viel Streß am Arbeitsplatz und Geldprobleme hatten."

„Blödsinn!" warf Sheriff Spencer ein. „In dieser Stadt steht so gut wie jeder unter Streß – und nun ist auch noch die Ernte in Gefahr, und vielen Betrieben droht der Bankrott."

Doch Mulder war nicht mehr zu bremsen. „Sagen wir mal, die Chemikalie kann die Balance nur kippen, wenn eine Person oberhalb des normalen Streß-Levels ein starkes Angstgefühl entwickelt", sagte er. „Wir wissen von Freunden und Familienangehörigen wie auch von Überlebenden des Fahrstuhlmassakers, daß sich Gary Winter in engen Räumen äußerst unwohl fühlte. Ein Therapeut, den er einmal aufgesucht hat, bezeichnete ihn als einen Grenzfall-Klaustrophoben. Von Bonnie McRoberts' Ehemann und von Arbeitskollegen wissen wir, daß sie eine derartige Furcht vor der Dominanz von Männern und der Diskriminierung von Frauen hegte, daß es schon an Besessenheit grenzte. Stimmen Sie mir zu?"

„Ich stimme zu", sagte Spencer bedächtig. Der Hohn war von seinem Gesicht gewichen, während er Mulder zuhörte.

„Ich höre mir das nicht länger an", blaffte Winter. „Sie gehören nicht ins Krankenhaus, Mulder. Sie gehören in eine Gummizelle. Glauben Sie mir, ich werde Ihren Vorgesetzten mitteilen, was für eine Mordskanone sie da auf Reisen schicken."

Mit diesen Worten verließ er das Zimmer und knallte die Tür hinter sich zu.

Während dessen hatte Spencer den Blick nicht von Mulder gewendet. „Also, worauf wollen Sie hinaus?"

„Das Insektizid hat ihre Angst bis zu einem Punkt gesteigert, der alles andere überstieg", erwiderte Mulder. „Von dieser Angst beherrscht, wurden sie empfänglich für Botschaften, die ihnen sagten, wie sie mit ihrer Angst umzugehen hatten."

„Eine ziemlich weit hergeholte Theorie." Spencer kaute nachdenklich auf der Lippe. „Sie läßt so manche Frage offen. Zum Beispiel, wie Angst in Mord umschlägt."

„Das läßt sich chemisch erklären ..." Mulder wandte sich an seine Partnerin. „Habe ich recht, wenn ich sage, daß Adrenalin als ‚Kampf-' oder ‚Fluchthormon' bezeichnet wird, Agent Scully? Was heißt, daß es sowohl bei Angst als auch bei Ärger ausgeschüttet wird. Und umgekehrt aktiviert es auch Angst und Ärger."

Scully nickte. „Stimmt. Ein gutes Beispiel dafür ist eine in die Enge getriebene Ratte. Sie wird entweder verzweifelt versuchen, die Wand hinaufzuklettern und zu entwischen. Oder sie wird wütend über ihren Angreifer herfallen."

Mulder sah Spencer offen an. „Angst überschwemmt den Körper mit Adrenalin. Und daß dieses Adrenalin Wut entfacht, ist nur eine Frage davon, ob ein bestimmter Schalter betätigt wird oder nicht ... Ich glaube, daß es jemanden gibt, der sehen wollte, ob eine Kombination von LSDM und subliminalen Botschaften diesen Schalter betätigen kann – und bei wem das funktionieren würde ... Ich glaube, daß diese Botschaften mit voller Absicht gesendet wurden, nachdem dieses Gebiet besprüht worden war."

„Aber Mulder", wand Scully ein, „wer sollte denn so etwas tun?"

Mulder zögerte. Er holte Luft, um zu antworten.

Doch bevor er etwas sagen konnte, verzog Sheriff Spencer den Mund. Ohne ein Wort drehte er sich um und ging hinaus.

„Nun haben Sie noch einen vor den Kopf gestoßen“, bemerkte Scully tadelnd.

„Ach, er gehört vermutlich auch zu den Leuten, die glauben, daß Elvis tot ist.“

Scully räusperte sich. „Mulder“, begann sie zögernd, „ich muß etwas gestehen.“

„Ja?“

„Ich habe mich vorhin geirrt.“

„Ach?“

„Sie haben mich überzeugt.“ Scully gab es nur ungern zu. „Sie und das Beweismaterial, das nicht von der Hand zu weisen ist. Das Insektizid ruft bei denen, die damit in Berührung gekommen sind, in der Tat Wahnvorstellungen hervor. Paranoia.“

„Dann teilen Sie auch meine Ansicht, daß dieses Gebiet hier einem gesteuerten Experiment unterzogen worden ist?“

Doch das ging Scully zu weit. „Gesteuert von wem? Von der Regierung? Einem Konzern? Marsbewohnern?“

„Schwer zu sagen – aber es wäre nicht das erste Mal ...“ Mulder zählte an den Fingern auf: „Agent Orange in Vietnam. DDT in den Vereinigten Staaten. Experimente zu bakterieller Kriegsführung in ahnungslosen Wohngebieten und sogar in der New Yorker U-Bahn. Experimente mit radioaktiver Strahlung in riesigen Gebieten des Westens.“

„Doch in diesem Fall“, hielt Scully dagegen, „was sollte denn der Grund dafür sein, daß jemand absichtlich eine Saat potentieller Mörder heranzieht?“

„Angst“, sagte Mulder sofort. „Das älteste Machtinstrument. Wenn die Leute mit Angst vor dem eigenen Nachbarn beschäftigt sind, können sie dem Tun und Lassen der Oberen weniger Aufmerksamkeit schenken. In schwierigen Zeiten, wenn immer mehr Leute mit den Politikern und den Unternehmern unzufrieden sind, kann eine solche Ablenkung denen da oben nur gelegen kommen ... Und indem man bei einigen die Angst in Aggression umkehrt, kann man bei allen anderen die Unzufriedenheit in Angst verwandeln. Zwei Fliegen mit einer Klappe.“

Scully runzelte die Stirn, während sie Mulders Argumentation folgte.

„Was sagen Sie dazu, Scully?“

In diesem Augenblick ging die Tür auf.

Sheriff Spencer trat ein. Sein Gesicht war nach wie vor finster.

„Ich hatte eine Unterredung mit Mister Winter“, brummte er. „Ich habe ihm einen Kompromiß abgerungen – ich habe ihn darauf aufmerksam gemacht, daß es ihm im bevorstehenden Wahlkampf sicher nicht von Nutzen ist, wenn ich den Medien gewisse Dinge mitteilen würde.“

„Mein Kompliment!“ lobte ihn Mulder. „Sie sind genau der Profi, den wir jetzt brauchen.“

Dann hielt er inne und machte sich auf die Antwort

gefaßt, bevor er fragte: „Sagen Sie, worin besteht denn der … Kompromiß?"

„Er hat sich einverstanden erklärt, sofort mit dem Sprühen aufzuhören. Er hat sich außerdem einverstanden erklärt, Blutuntersuchungen bei den Menschen durchführen zu lassen, die mit der versprühten Substanz in Berührung gekommen sein könnten. Aber …" Er hielt inne.

„Aber …?"

„Aber … die offizielle Erklärung für die Blutuntersuchungen darf mit keinem Wort auf einen Zusammenhang mit LSDM hindeuten", beendete Spencer seinen Satz. Seine Mundwinkel zuckten nach unten, als hätte er gerade eine bittere Pille geschluckt.

Mulder und Scully sahen sich an.

„Na, besser als gar nichts", seufzte Scully.

„In Ordnung", erklärte Mulder. „Wie üblich."

13

Larry Winter war einen schwierigen Handel eingegangen.

Doch er hielt Wort. Und er tat es mit solcher Hingabe, daß Mulder und Scully nicht umhin konnten, seinen Einsatz anzuerkennen.

„Wenn der Kerl auch nicht immer das Richtige tun mag“, meinte Mulder, „er weiß wenigstens, wie man etwas auf die Beine stellt.“

Zwei Tage später wurde mit den Bluttests begonnen, zu denen die ganze Stadt aufgefordert wurde. Im College der Stadt wurde das Untersuchungszentrum eingerichtet, und die Leute konnten jederzeit kommen, um ihr Blut analysieren zu lassen. Diejenigen, die nicht freiwillig kamen, suchte man zu Hause auf. Und damit jedermann Kenntnis von den Tests bekam, wurden sie in den Morgen- wie den Abendzeitungen und rund um die Uhr im lokalen Fernsehen bekanntgegeben.

„Glauben Sie mir, niemand wird unserem Medienangriff entgehen“, sagte Winter zu Mulder und Scully.

Er sollte recht behalten.

Keiner entkam. Nicht einmal, wer sich tagelang in seinem Haus verkrochen, die Türen verschlossen und die Vorhänge zugezogen hatte.

Ed Funsch saß im schäbigen Wohnzimmer seines heruntergekommenen Hauses vor dem Fernseher und sah sich mit vor Erschöpfung glasigen Augen Zeichentrickfilme an. Sein Körper brauchte unbedingt Schlaf – doch er fand keinen. Geplagt von den grauenhaften Bildern blutender Menschen und zerfetzter Kadaver warf er sich im Bett hin und her. Wenn es nur Alpträume gewesen wären ... Aber die Bilder befielen ihn auch, wenn er noch wach war. Nur wenn er sah, wie sich Daffy Duck und Road Runner zausten und prügelten, entkam er seinen Visionen – hier konnte er sicher sein, daß das alles nur Spaß war.

Plötzlich verschwand Daffy von der Mattscheibe, und eine Stimme sagte: „Wir unterbrechen dieses Programm und bitten Sie um Ihre Aufmerksamkeit für eine Bekanntgabe der Stadtverwaltung."

Eingeblendet wurden dann folgende Worte: „Kostenloser Cholesterintest. Bei Ihnen zu Hause oder in einem speziellen Laborwagen auf dem College-Gelände, 1505 North Franklin Avenue."

Ed stierte auf den Bildschirm. Wo waren Daffy und Road Runner hin? Warum wurde er wieder in die wirkliche Welt gezerrt, wo er auf gar keinen Fall sein wollte?

Die Stimme im Fernsehen erläuterte: „Franklin und das Venango County beteiligen sich an einer bedeutsamen, landesweiten Untersuchung in bezug auf Cholesterin. Es ist unbedingt erforderlich, daß jeder einzelne Bürger sich an dem Kampf gegen diesen Verursacher tödlicher Krankheiten beteiligt. Bitte zeigen Sie sich kooperativ, wenn sich einer unserer freiwilligen Mitarbeiter bei Ihnen meldet! Das Verfahren ist einfach und schmerzlos. Und vergessen Sie nicht: das Leben, das Sie retten helfen, könnte Ihr eigenes sein."

Nach der Ansprache erschien ein Bild auf der Mattscheibe – und riß Ed aus seinem gleichgültigen Dämmer.

Er sah eine Fingerkuppe in Großaufnahme. Eine Nadel stach hinein und zog ein wenig Blut ab.

„Nur ein kleines Pieksen an der Fingerspitze – das ist alles", sagte die TV-Stimme beruhigend. „Für Ihre Mithilfe werden Ihnen die Behörden, Ihre Angehörigen, Freunde und Nachbarn dankbar sein."

Ed vernahm nicht ein einziges Wort.

Er sah rot.

Er sah blutrot.

Seine Hand fiel auf den Couchtisch vor sich und fühlte etwas Kaltes. Ed bemerkte überrascht, daß seine Hand auf einem Jagdgewehr in einem offenen Tragekasten lag.

Wo kam die Waffe her? Und die Schachteln mit den Patronen?

Seine Erinnerung kehrte zu den Minuten zurück, die er hatte vergessen wollen. Das Kaufhaus. Der Hagel von TV-Botschaften, der auf ihn niedergeprasselt war. Der Kaufrausch in der Waffenabteilung.

Neben dem Gewehr und den Patronen lag ein Kassenzettel. Daneben sein Scheckheft und ein Taschenrechner. Noch einmal überprüfte er die Zahlen, und wieder kam heraus, was er befürchtet hatte: Mit dem Kauf der Waffe hatte er sein Konto völlig leergeräumt.

„Und eigentlich hab ich doch für Waffen überhaupt nichts übrig“, murmelte er vor sich hin. „Ich muß völlig verrückt gewesen sein. Zu viel Streß in letzter Zeit. Vielleicht ... kann ich das Zeug zurückbringen und mein Geld wiederkriegen ... Ja, das mach ich. Das mach ich sofort, wenn ich mich besser fühle. Ich muß mich nur noch etwas erholen ... Den Kopf frei kriegen.“

Er schaute wieder auf den Fernseher und schimpfte: „Hör'n die denn nicht bald auf mit dem Mist! Wer kümmert sich schon um das dämliche Cholesterin? Die soll'n endlich wieder Daffy zeigen! Ich will mich entspannen, verdammt noch mal ... ein bißchen lachen, auf andere Gedanken kommen!“

Es klingelte an der Tür.

Ed verzog das Gesicht. „Wer ist da? Warum laßt ihr mich nicht in Ruhe? Verschwindet! Haut ab!“

Er ging ans Fenster und linste durch einen schmalen Spalt in der Gardine.

Eine junge Frau in einem weißen Kittel stand an der Haustür. Sie hatte ein charmantes Profi-Lächeln auf dem Gesicht und trug Gummihandschuhe. Außerdem hatte sie eine kleine lederne Tasche dabei.

Ed war klar, was in dieser Tasche war.

Eine Nadel. Eine Nadel, die sein Blut wollte.

Fest zog er den Vorhang wieder zu. Sie brauchte ja nicht zu wissen, daß jemand zu Hause war. Er hörte den Fernseher hinter sich. Der Ansager dröhnte immer weiter.

„Also, ich wiederhole: Wenn es an Ihrer Tür klingelt, bitten wir Sie eindringlich ..."

Ed drehte sich um und stürzte mit erhobener Hand zum Fernseher, um ihn zum Schweigen zu bringen.

Er erstarrte.

Ein einziges Wort nahm den ganzen Bildschirm ein.

„BLUT."

Seine Hand stieß zu und fegte den Fernsehapparat von seinem Ständer. Mit einem Krachen schlug der Kasten auf dem Boden auf, und die Bildfläche wurde nach einem grellen Aufblitzen dunkel.

Das Mädchen draußen mußte den Krach gehört haben ... Wieder schrillte die Klingel.

Ed schloß die Augen und hielt sich die Ohren zu. Warum ging sie nicht wieder? Warum ließen sie ihn nicht einfach in Ruhe? Warum hörte die Welt nicht auf, ihm das Leben schwer zu machen?

Das Klingeln drang immer noch bis an seine Ohren. Es klang allerdings fern und abgerissen ... wie eine Art Morse-Code, der eine Botschaft für ihn enthielt.

„Dies verdammte Klingeln – das bringt mich noch zur Raserei!" knurrte er wütend.

Er sah, wie seine Hände nach dem Jagdgewehr griffen.

„Nein!" schrie er und schlug den Tragekasten zu.

Durch die Erschütterung fiel der Taschenrechner

vom Tisch. Automatisch bückte er sich und hob ihn auf. Als er ihn in der Hand hielt, leuchtete es auf dem Display.

„LASS DIE ANDEREN BLUTEN!“

Panisch schlug Ed den Rechner auf den Tisch. Wieder und immer wieder. Das Plastikgehäuse zersplitterte, und die Innenteile fielen heraus.

Erneut klingelte es.

Gleichzeitig zerschnitt ein enervierendes Piepsen die stickige Luft.

Was war das? Wo kam das her?

Im nächsten Augenblick hatte Ed den schrillen Ton lokalisiert.

Seine Uhr. Es kam von der billigen Digitaluhr an seinem Arm.

Wie eine Neonreklame blinkte die hektisch piepsende Uhr, und durch Tränen der Qual und der Wut las Ed die Worte:

„TOETE! TOETE! TOETE!“

14

Mulder und Scully verwandelten Sheriff Spencers Büro in ihre Kommandozentrale, wo alle Ergebnisse aus den Blutuntersuchungen registriert wurden.

An der Anschlagtafel befand sich eine große Karte von Franklin und Umgebung. Daneben hing eine Liste der Gebiete, wo gesprüht worden war, und eine Liste mit Namen und Adressen der Leute, die in diesen Gebieten lebten.

Sheriff Spencer stand am Telefon und nahm die Anrufe der Untersuchungsteams entgegen, die den ganzen Tag über Meldung machten, wie sie vorangekommen waren. Die Namen der getesteten Personen wurden von Spencer notiert und an Scully weitergegeben. Und Scully strich die entsprechenden Namen auf der Liste an der Tafel aus – wenn von einem Wohngebiet alle Namen erfaßt waren, wurde auf der anderen Liste die ganze Wohngegend als erledigt abgehakt.

Mulder stand ruhig dabei und sah zu, wie Scully sich freute. Nichts konnte ihr mehr Freude machen als eine Sache, die reibungslos und nach Plan verlief.

Sheriff Spencer legte den Telefonhörer auf und reichte Scully den letzten Stapel Namen: „Das wär's. Das sind die Meldungen vom letzten Wohngebiet."

Scully strich die Namen auf ihrer Liste durch. Mulder und Spencer gesellten sich zu ihr und warfen noch einmal einen Blick auf die Ergebnisse.

„Das hat doch prima geklappt“, meinte Spencer. „Bis auf eine Handvoll haben sich alle Leute untersuchen lassen.“

„Fünfundzwanzig fehlen noch, um ganz genau zu sein“, hielt Scully seinem Enthusiasmus entgegen.

„Na ja, es gibt eben immer ein paar Ignoranten und Verrückte, die etwas anderes tun müssen, als alle anderen.“

„Richtig, Verrückte und Ignoranten“, pflichtete ihm Mulder bei, der emsig die noch verbliebenen Namen memorierte.

Scully mußte lächeln. Der Sheriff hatte die magischen Worte gesprochen. Alles und jeder, der von der Norm abwich, war genau Mulders Fall ... Sie konnte förmlich spüren, wie sein Jagdfieber stieg.

„Den einfachen Teil der Arbeit haben wir hinter uns – jetzt wird's allmählich interessant.“ Mulder tastete prüfend nach seiner Pistole im Schulterhalfter. „Diese Jungs könnten ein bißchen unangenehm werden ...“ Schwungvoll zog er sich sein Jackett über. „Gehen wir! Wir haben fünfundzwanzig Besuche zu machen.“

Auch Scully überprüfte kurz ihre Waffe, dann nahm sie sich eine Tasche mit den Testgeräten und folgte Mulder und Spencer zur Tür hinaus.

Die erste, die sie aufsuchten, war Henrietta Smith.

Sie schrie sie an, sie kaufe nichts, und es dauerte zwanzig Minuten, bis sie überzeugt werden konnte, daß die Untersuchung völlig kostenlos sei. Nachdem sie sie erst einmal hereingelassen hatte, war Henrietta Smith nicht mehr zu bremsen. Mulder sei doch so ein netter junger Mann, er erinnere sie an ihren Lieblingsneffen. Sie entkamen mit blank liegenden Nerven.

Dann das Haus von Robert Jones. Es hatte eine Haustür aus Stahl; hinter der Stahltür schrie es durch den Briefschlitz, daß er keine bolschewistisch-faschistischen Beamten in sein Haus lasse, nicht nach dem Massaker von Waco.

Scully konnte ihn überreden, die Tür zu öffnen. Ein guter Bürger wie Mr. Jones wolle doch ganz gewiß nicht die Entwicklung der Medizin behindern! Und ein kräftiger Mann wie Mr. Jones habe doch keine Angst vor einer kleinen Nadel! Mit weiblicher Raffinesse kitzelte sie an seiner Ehre und kriegte ihn schließlich rum.

Der nächste war Mr. Hiram Phelps. Er verweigerte sich beharrlich – Spencers Dienstmarke mußte ihm mit Nachdruck unter die Nase gehalten werden, um ihn zur Einsicht zu bringen.

Bis zum vierzehnten Namen auf der Liste hatte es den Anschein, sie könnten jeden Querkopf zum Einlenken bewegen.

Sie sollten sich irren.

„Wer wohnt denn hier?“ fragte Spencer, als sie an die Tür eines verwohnten Hauses in einer armseligen Gegend am Stadtrand kamen. Dieser Standort fiel Mulder sofort ins Auge. Das kleine Haus lag direkt in der Nähe einer Müllkippe und nicht weit von einer Kirschplantage.

Scully sah in ihrer Liste nach. „Ein Mr. Ed Funsch“, sagte sie und drückte auf die Klingel.

Bei der Berührung fiel die Metallabdeckung der Klingel auf die Fußmatte.

Mulder trat näher, um sich den Klingelknopf anzuschauen. „Jemand muß den Deckel abgemacht und die Kontakte hinter dem Klingelknopf verbogen haben. Dann hat er den Deckel wieder draufgesteckt, damit nichts zu sehen ist.“

„Vielleicht eine wütende Pfadfinderin, die hier keine Plätzchen loswerden konnte“, meinte Scully.

„Oder aber ein Mann, der ernstliche Probleme mit Besuchern hat ...“ Mulder sah Scully direkt in die Augen.

„Es gibt nur einen Weg, das herauszufinden“, befand Spencer und klopfte an die Tür.

Keine Reaktion.

Nach geraumer Zeit sagte Scully: „Ich glaube, wir können es rechtlich vertreten, uns gewaltsam Eintritt zu verschaffen ... sagen wir, aufgrund des Verdachts auf einen unnatürlichen Tod.“

Spencer nickte. „Sam Jenkins, der zuständige Richter, wird uns das abkaufen.“

Scully drehte am Türknopf. „Es ist nicht abgeschlossen! Die Leute hier in Franklin scheinen ihren Nachbarn tatsächlich zu vertrauen.“

„So war es einmal.“ Spencer starrte unverwandt auf die spaltbreit geöffnete Tür. „Aber so wie die Dinge jetzt liegen ... Jeder mit einem gesunden Menschenverstand wird seine Haustür verrammeln und verriegeln."

Spencer hatte die Hand an der Pistole, als Mulder die Tür aufstieß.

Mulder voran drangen sie in das Haus ein – so vorsichtig, als beträten sie ein Minenfeld.

Doch die Explosion schien bereits stattgefunden zu haben.

„Was hat denn hier eingeschlagen?" fragte Spencer sich laut, als sie den Schaden betrachteten.

Im Wohnzimmer lag ein zerschmettertes Fernsehgerät auf dem Boden, daneben die Überreste einer Digitaluhr. In der Küche bildeten die Überreste eines Mikrowellenherdes, eines Radios und eines Minifernsehers eine wüste Splitterlandschaft.

„Sehen Sie sich das an!" rief Scully aus dem Korridor, wo ein zertrümmerter Staubsauger lag.

„Hier ist jemand wahnsinnig geworden ..." Spencer kratzte sich im Nacken.

„Wenn es so ist, dann steckt aber Methode hinter dem Wahnsinn." Mulder schob einige Bruchstücke nachdenklich mit dem Fuß hin und her. „Haben Sie bemerkt, daß alle zerschlagenen Dinge etwas gemeinsam haben?"

„Und was?"

„Sie hatten alle ein digitales Display."

„Lassen Sie uns das Haus genauer durchsuchen – vielleicht finden wir noch weitere Hinweise", schlug Scully vor.

Doch als sie ins Wohnzimmer zurückkamen, bemerkte Mulder noch etwas anderes unter den Trümmern: den Tragekasten eines Jagdgewehrs.

Er öffnete ihn.

Der Kasten war leer.

15

„Über diesen Edward Funsch müssen wir alles herausfinden, was wir können“, sagte Mulder, während er den leeren Kasten fixierte, „und zwar so schnell wie möglich!“

„Ich will sehen, was ich über's Internet und in der FBI-Datenbank erfahren kann“, gab Scully zurück. „Irgendwo muß er erfaßt sein. Das ist jeder.“

„Ich werde mich in der Stadt über ihn umhören“, erbot sich Spencer.

„Und ich werde mich weiter im Haus umsehen … Kommen Sie wieder hierher, wenn Sie etwas gefunden haben!“

Nach einer knappen Stunde kehrten Scully und Spencer zurück.

Scully drückte Mulder einen Computerausdruck in die Hand, und Mulder las vor: „Edward Funsch. Zweiundfünfzig Jahre alt. Geboren und aufgewachsen in Pittsburgh. Highschool-Abschluß, aber kein College-Diplom. In der Navy als Funker gedient. Frau vor zehn Jahren gestorben. Keine Kinder. Kein Auto und kein Führerschein. Keine Krankengeschichte. Seit Jahrzehnten keine Aufzeichnungen über den Besuch bei einem Arzt oder Zahnarzt. Arbeitete zwölf Jahre in einer Flugzeugfabrik, wurde jedoch im Zuge einer Firmenzusammenlegung und Personalreduzierung entlassen. Hat dann einen Monat bei der Post gearbeitet, wurde aber unlängst entlassen. So gut wie nichts auf der Bank. Miete und Kreditkartenzahlungen überfällig.“

Mulder legte das Blatt aus der Hand. „Hört sich ja nach einem echten Mr. Nobody an – ein ewiger Verlierer.“

Mulder wandte sich an Spencer. „Was haben Sie in Erfahrung gebracht?“

„Nicht viel ... Er ist nicht vorbestraft. Gehört keiner hiesigen Organisation an. Geht nicht in die Kirche. Hat keine richtigen Freunde und kaum etwas mit den Nachbarn zu tun. Er war ein guter, aber unauffälliger Postangestellter und wurde aus Gründen entlassen, die nichts mit seiner Arbeitsweise zu tun hatten.“

„Wie hat er auf seine Entlassung reagiert?“ wollte Mulder wissen. „Hat er Anzeichen von Wut erkennen lassen?“

„Schwer zu sagen“, erwiderte Spencer. „Ich habe mit seiner ehemaligen Aufsicht telefoniert. Er sagte, Ed hätte die Mitteilung eigentlich recht gefaßt aufgenommen ... natürlich war er nicht besonders glücklich. Dem Vorgesetzten ist aber aufgefallen, daß er sich über eine kleine Verletzung am Finger viel mehr aufgeregt hat als über die Entlassung. Es war bloß ein winziger Schnitt, aber offensichtlich hat ihn der Anblick von Blut mehr in Rage gebracht als die ganze Kündigung ... Das ist doch komisch, oder?“

Mulder erstarrte.

„Scully, wissen wir, wann einer von den Bluttestern bei Ed Funsch gewesen ist?"

Scully blätterte in ihrer Liste. „Heute vormittag gegen halb elf."

Mulder sah auf die Armbanduhr, die er zerschlagen im Wohnzimmer gefunden hatte.

Sie war stehengeblieben. Um 10.25 Uhr.

„Ich weiß, wovor er Angst hat", sagte Mulder leise. „Und ich kann mir vorstellen, wohin er gegangen ist."

Ed Funsch wußte, wohin er gehen mußte, und er hatte es furchtbar eilig, an sein Ziel zu gelangen.

Der Bus fuhr gerade los, als er zur Haltestelle kam.

Ein elektronisches Display zeigte die Fahrtrichtung an: „STAEDTISCHES KRANKENHAUS."

Und einen Befehl für Ed: „STEIG EIN!"

Wie ein Sprinter stürzte er hinter dem Bus her. Eine große Sporttasche hing an seiner Schulter und schlug ihm gegen die Seite, als er vom Bürgersteig sprang und mit der Faust an den Bus hämmerte.

Der Fahrer wußte, daß er nicht anhalten sollte, denn gegenüber dem Fahrplan lag er schon ein wenig in der Zeit zurück. Aufgrund der jüngsten Einschränkungen im Busservice hatte er seine Tour schneller zu fahren als bisher. Sein Arbeitslohn richtete sich jedoch danach, wie genau er den Fahrplan einhielt ... die Fahrer, die am schlechtesten abschnitten, wurden seltener eingesetzt und dadurch schlechter bezahlt.

Der Fahrer war aber auch ein Mensch. Er erbarmte

sich des armen Irren, der neben dem Bus her rannte, trat auf die Bremse und öffnete die Tür. Als Ed dann einstieg, wünschte er sich, er hätte nicht auf sein weiches Herz gehört.

„Das Fahrgeld bitte, Mister!“ sagte er, als Ed an ihm vorbei nach hinten gehen wollte.

Ausdruckslos stierte Ed ihn an. Dann blinzelte er und suchte in seinen Taschen nach dem entsprechenden Kleingeld. Er steckte es in die Zahlbox und ging weiter.

Dabei hatte der Fahrer genug Zeit gehabt, Eds Gesicht zu mustern. Es war bleich, beinahe grün. Schweiß perlte auf der Haut. Und in den Schweiß mischten sich Spuren von Tränen.

Der Fahrer stöhnte innerlich und behielt diesen Burschen über den Rückspiegel im Auge – Ärger konnte er ganz und gar nicht brauchen. Zu viele Verspätungen, und er müßte ständig damit rechnen, entlassen zu werden, wenn er ans Ende seiner Strecke kam.

Doch Ed saß ganz still in der Mitte des Busses und belästigte niemanden. Er sah niemanden an. Er starrte nur unverwandt auf die Leucht-Anzeige vorn im Bus, die „BITTE ANHALTEN“ lautete.

Mit einem Mal bedeutete sie Ed: „STEIG HIER AUS!“

Wie von der Tarantel gestochen sprang er auf die Beine und war mit drei großen Schritten an der Ausgangstür.

Er drückte auf den Knopf.

Der Bus fuhr weiter.

„He, Fahrer, ich möchte hier aussteigen!“ rief Ed.

Der Fahrer drehte sich nicht um.

„Tut mir leid, Sir. Da müssen Sie bis zur nächsten Haltestelle warten“, sagte er, wobei seine Stimme Ed kaum erreichte.

„Wo ist das?“

„Fünfzehn Blocks. Dieser Bus hier hält nicht überall.“

„Bitte, ich bin im falschen Bus!“

„Tut mir leid, Mister, ich hab den Fahrplan nicht gemacht“, erwiderte der Fahrer ungerührt.

„Aber ich sage Ihnen doch, ich muß aussteigen!“ Eds Stimme wurde zu einem Schrei.

„Und ich sage Ihnen, Pech gehabt!“ entgegnete der Fahrer mit einer Spur von Zorn. Der Kerl hatte ihn schon genug Nerven gekostet.

Halb rannte, halb stolperte Ed in dem dahinrasenden und schaukelnden Bus nach vorn.

„Fahrer, *bitte, bitte!*“ flehte er und beugte sich vor, so daß der Mann sein Gesicht sehen mußte.

Der Fahrer sah es. Der Typ hatte ja Schaum vor dem Mund!

„Öffne die Tür!“ schrie Ed dem Fahrer ins Ohr. „Öffne die verdammte Tür!“

„He, Mister, regen Sie sich nicht auf!“ preßte der Fahrer hervor. Panik zerrte an seiner Stimme.

Er trat auf die Bremse – mit einem Kreischen kam der Bus zum Stehen. Die Tür ging auf, und im Nu war Ed draußen.

Fast genauso schnell schloß der Fahrer die Tür wieder und fuhr weiter. Tief durchatmend wischte er sich den Schweiß von der Stirn, sein Pulsschlag normalisierte sich, und er seufzte erleichtert.

Sollte sich doch jemand anders mit diesem Idioten rumärgern.

16

„Hierher kommt das Blut“, sagte Mulder zu Scully und Spencer. „Wenn es Blut ist, wovor er Angst hat, dann ist es auch Blut, was er vernichten will.“

Mulder erklärte, warum sie an der Bushaltestelle am Städtischen Krankenhaus standen. „Da Funsch weder einen Führerschein noch ein Auto besitzt, kann er nur mit dem Bus hierher kommen.“

Scully wandte sich an einen Mann, der mit ihnen an der Haltestelle wartete. Er trug eine Uniform der Städtischen Verkehrsbetriebe und hatte ein Klemmbrett mit Notizblättern unter dem Arm.

„Wissen Sie zufällig, wann der nächste Bus kommt?“ erkundigte sie sich.

„Sicher, Ma'am. Seit drei Minuten müßte er schon da sein“, brummte der Mann, wobei er auf seine Uhr sah. „Der Fahrer wird sich eine plausible Erklärung einfallen lassen müssen.“

„Da kommt er ja!“ Spencer deutete auf den Bus, der um eine Ecke bog und auf die Haltestelle zufuhr.

„Und zu schnell fährt er auch noch“, murmelte der Inspektor vor sich hin und machte sich eine Notiz.

Der Bus hielt, die Türen gingen auf, und die Fahrgäste stiegen aus. Mulder sah sich alle genau an und verglich sie mit dem Foto von Ed Funsch, das er in dessen Haus gefunden hatte. Doch keiner von ihnen sah Ed ähnlich.

„Fragen wir den Fahrer!“ sagte Mulder zu Scully, als ihnen dieser auch schon durch die vordere Tür entgegenkam.

„Erkennen Sie diesen Mann?“ fragte ihn Mulder, während er ihm Funschs Bild hinhielt.

„Na, und ob!“ erwiderte der Fahrer und suchte den Blick seines Vorgesetzten. „Ich hatte ein ernstes Problem mit diesem Menschen. Er hat sich wie ein vollkommen Verrückter aufgeführt ... hat verlangt, ihn weit vor der Haltestelle rauszulassen. Ich mußte es tun, sonst wäre er womöglich gewalttätig geworden. Darum bin ich zu spät dran.“

„Natürlich“, schnappte der Inspektor, „eine Entschuldigung gibt es ja immer.“

„Aber ich sage Ihnen ...“

„Wo wollte der Mann rausgelassen werden?“ fiel Scully dem Fahrer ins Wort.

„Unmittelbar in der Nähe vom College“, war die Antwort, und sofort wandte sich der Fahrer wieder dem Inspektor zu.

Mulder und Scully kümmerten sich nicht weiter um die immer lauter werdenden Stimmen der beiden Männer. Sie hasteten zu Spencer, der in seinem Streifenwagen saß.

„Ich habe mich geirrt“, erklärte Mulder mit ärgerlichem Gesichtsausdruck. „Es war nicht das Krankenhaus, wohin Ed Funsch wollte, sondern das Blutmobil am College. In den Werbespots war ja auch immer vom Blutmobil und nicht vom Krankenhaus die Rede."

„Klingt plausibel", stimmte Scully zu.

Beim Gedanken an das schöne neue Untersuchungszentrum verzog Sheriff Spencer das Gesicht.

„Ja, da wird er hinwollen", nickte er düster. „Und die Leute dort sind völlig ahnungslos."

Ed Funsch erfaßte die ganze Szene mit einem Blick.

Das Blutmobil stand auf einem weiten freien Platz des College-Geländes. Außerhalb des Fahrzeugs saßen Helfer hinter einem großen Klapptisch und füllten Formulare aus. In einer langen Schlange warteten Männer und Frauen darauf, nach dem Test auch noch Blut spenden zu können.

In Franklin leisteten die pflichtbewußten Bürger nicht bloß ihren Beitrag im Kampf gegen die Krankheit. Um diese ehrenvolle Sache gebührend zu feiern, waren leuchtend bunte Ballons an Laternenpfähle gebunden.

Ed bewunderte diese Menschen, die so tapfer waren, zum Wohle anderer ihr Blut herzugeben. Doch gleichzeitig bedauerte er sie wegen der Schmerzen, die sie erleiden mußten.

In der Werbung hatten sie gesagt, der Stich mit der Nadel wäre nicht schlimm. Ed wußte es besser. Vorstellungen von Todesqualen schossen ihm durch den Kopf, sie schüttelten ihn, jagten ihm kalten Schweiß das Rückgrat hinunter.

Durch einen Schleier von Wahnsinn und Abscheu erblickte er die elektronische Informationstafel des College.

„VERANSTALTUNGEN HEUTE ... VORLESUNG GESCHICHTE DES MITTELALTERS, SAMUELSON-SAAL, 16.00 UHR ... CHEERLEADING-PROBE, KELLY-PLATZ, 17.00 UHR ... BASKETBALL ...“

Auf dem College muß es nett zugehen, dachte Ed. *Er* wäre eigentlich auch gern aufs College gegangen. Vielleicht wäre dann alles anders gekommen. Vielleicht ...

Und dann sah er die Worte, die nur für seine Augen bestimmt waren:

„HOCH ... GUCK HOCH ...“

Er sah nach oben.

Er erblickte den Glockenturm, der weit über den Campus ragte.

„GEH HINAUF“, befahl ihm die Schrift.

Wie ein Schlafwandler ging Ed auf die Tür zum Turm zu und öffnete sie. Eine Wendeltreppe führte nach oben. Stufe für Stufe stieg er hinauf ... so langsam, als wöge die Sporttasche über seiner Schulter hundert Pfund.

Unter der Turmspitze befand sich ein runder Raum, ringsherum mit hohen, schlitzartigen Fenstern versehen.

Keuchend kam Ed oben an, stellte seine Tasche ab und schaute durch eine der Scharten hinaus. Er sah die von Efeu bewachsenen Gebäude des College im hellen Sonnenschein liegen, und dieser friedliche Anblick trieb ihm die Tränen in die Augen. Dann sah er die lange Schlange von Menschen, die vor dem Blutmobil warteten. Sie machte das süße Salz seiner Tränen bitter ... ihr Anblick würgte ihn. Er las die Worte, die jetzt über die elektronische Tafel liefen:

„MACH DICH BEREIT ... MACH DICH BEREIT ... MACH DICH BEREIT", forderte sie ihn immer wieder auf, bis er schließlich gehorchte und den Reißverschluß seiner Sporttasche aufzog.

Er nahm das Jagdgewehr heraus, drehte die Tasche um und schüttete den restlichen Inhalt aus: Hunderte von Vollmantelpatronen prasselten auf den Boden.

Ein paar Handvoll steckte sich Ed in die Taschen und trat dann mit seinem Gewehr an das Fenster, aus dem er den Hof am besten übersehen konnte. Wie ein Leuchtfeuer strahlte es zu ihm herauf.

„MACH DICH BEREIT!"

Er kniete sich vor das Fenster.

Den Ellbogen auf das Fensterbrett gestützt, brachte er die Waffe in Anschlag und zielte nach unten.

Er öffnete den Verschluß, schob eine Patrone in den Lauf und spannte den Bolzen. Den Finger am eiskalten Abzug, stierte er durch das Zielfernrohr und wartete.

Plötzlich erstarrte er. Ein lautes Heulen kam aus der Ferne immer näher.

Er kannte das Geräusch. Eine Polizeisirene.

Panik ergriff ihn.

Sie kamen seinetwegen!

Was sollte er tun?

Voller Verzweiflung suchten seine Augen die Leuchtanzeige.

„TU ES!“

17

Spencers Streifenwagen kam auf das College-Gelände geschossen, bremste scharf und hielt mit quietschenden Reifen.

Mulder stieß die Beifahrertür auf, sprang heraus und rannte auf das Blutmobil zu. Scully und Spencer waren unmittelbar hinter ihm.

Er hörte Scully keuchen: „Wenn wir nur rechtzeitig kommen!“

Ein lautes Krachen zerriß die Luft.

Ein Fenster des Blutmobils zersplitterte.

Die Leute in der Schlange blickten verwirrt um sich.

Wieder ein Schuß.

Glassplitter spritzten über den Tisch vor dem Blutmobil. Eine Helferin faßte sich mit der Hand ins Gesicht ... und zog sie schnell zurück – sie troff von Blut aus einer klaffenden Schnittwunde. Ihr Mund formte sich zu einem Schrei, doch der Schock lähmte ihre Stimme.

Sofort krachte wieder ein Schuß – gefolgt vom Schmerzensschrei eines Mannes, der sich taumelnd den Arm hielt.

Eine Sekunde tödlicher Stille. Dann Schreie, wilde Panik. Die Menschen rannten um ihr Leben, blindlings und ohne genaue Vorstellung, worin die Gefahr bestand, woher sie kam und wo es sicher sein könnte.

Mulder, Scully und Spencer suchten Deckung hinter dem Blutmobil.

„Wir kommen zu spät“, knirschte Mulder.

„Wo steckt er?“ Scully spähte um die Ecke.

„Dem letzten Schuß nach zu urteilen muß er irgendwo auf der gegenüberliegenden Seite ...“

Wieder ein Schuß – und wieder ein Schmerzensschrei. Die schrille Stimme einer Frau in Todesangst.

„Vielleicht ist seine Munition bald alle“, meldete sich Spencer.

„Das glaube ich nicht“, entgegnete Mulder grimmig. „Ich habe in seinem Haus zwei leere Munitionskisten gesehen. Er muß Hunderte von Patronen bei sich haben.“

Wieder ein Schuß.

Mulder streckte vorsichtig seinen Kopf aus der Deckung. Er ließ seinen Blick über den Campus wandern – in der Hoffnung, in der strahlenden Nachmittagssonne ein Gewehr blinken zu sehen.

Er sah, wie sich die Menschen verzweifelt auf den Boden preßten. Andere standen vor Panik wie versteinert da. Einige beteten, andere weinten hemmungslos. Zwei Körper lagen bewegungslos auf dem Rasen.

Der nächste Schuß, und ein Mann am Boden zuckte kurz und regte sich dann nicht mehr.

Immer noch konnte Mulder keine Spur von Funsch

entdecken – bis er beim Krachen des nächsten Schusses nach oben sah.

Eine schwache Wolke Pulverdampf zog von einem der schlitzartigen Fenster weg, weit oben im Glockenturm.

Mulder zog sich wieder hinter das Blutmobil zurück.

„Funsch ist oben im Glockenturm“, informierte er die anderen.

„Ich laufe zum Streifenwagen und lasse Verstärkung kommen.“ Spencer ballte die Fäuste.

„Dafür ist keine Zeit“, sagte Mulder entschieden, „fordern Sie lieber medizinische Hilfe an!“

Ohne eine Erwiderung abzuwarten, war er auf und davon.

Während er über den freien Platz rannte, hörte er einen weiteren Schuß. Doch die Kugel galt nicht ihm. Ein Mann brach mit schmerzverzerrtem Gesicht zusammen.

Mulder hegte den Verdacht, daß Funsch sich keine Ziele aussuchte – er schoß einfach blind in die Menge.

Er erreichte die Tür zum Glockenturm und blieb dort, nach Luft ringend, einen Augenblick stehen. Dann öffnete er behutsam die Tür, zog seine Pistole und eilte in großen Sätzen die Treppe hinauf.

Als er oben ankam, stach ihm der Atem in der Lunge, seine Waden waren zwei schmerzende Klumpen.

Quer durch den Raum starrte er direkt auf Ed Funschs Rücken. Der Boden um ihn herum war übersät mit leeren Patronenhülsen. Sein Körper wurde gebeutelt, als er erneut feuerte ... Der Knall erstarb, und Mulder hörte, daß Ed Funsch weinte. Er weinte wie ein kleines Kind.

Schluchzend griff er in die Tasche und holte die nächste Patrone heraus.

Mulder hob seine Pistole. „Die Waffe weg, Ed!“ rief er. „Lassen Sie sie fallen!“

Langsam hob Ed sein Gewehr, richtete den Lauf gegen die Decke und drehte sich um. Mit von Tränen geröteten Augen blinzelte er Mulder an.

„Töten Sie mich nicht!“ bat er leise und ohne jede Hoffnung.

„Dann tun Sie die Waffe weg, Ed!“

Ed fing wieder zu schluchzen an. „Ich kann nicht“, preßte er mit tränenerstickter Stimme hervor. „Man läßt mich nicht.“

„Ich weiß, man läßt Sie nicht, Ed“, sagte Mulder beruhigend. „Ich weiß, daß man Sie nicht läßt.“

„Dann ... Sie ... Machen Sie, daß ich sie weglege“, flüsterte Ed und starrte mit unendlich müden Augen direkt in die Mündung von Mulders Pistole. „Machen Sie ... Frieden.“

Mulder begegnete Eds Blick und sah das Flehen darin. Er spürte den Abzug an seinem Finger. Krampfhaft überlegte er – und fand schließlich einen Ausweg. Es war nur ein Versuch, aber er war es wert.

„Wenn Sie die Waffe nicht weglegen, Ed, und wenn ich Sie erschießen muß oder wenn Sie mich erschießen, dann wird hier alles voll Blut sein. Das wollen Sie doch nicht, nicht wahr? Überall Blut. Blut, dem Sie nicht entkommen können. Denken Sie darüber nach! Das wollen Sie doch nicht ... Stimmt's, Ed?"

Als Ed dieses Bild vor sich sah, entspannte sich sein Gesicht – eine riesige Last war von ihm genommen. Lächelnd hielt er Mulder das Gewehr hin.

Auch Mulder spürte, wie ihn eine Welle der Erleichterung erfaßte.

Ebenfalls lächelnd, senkte er seine Pistole.

Dann streckte er die andere Hand aus, um das Gewehr entgegenzunehmen.

Dabei wurde sein Unterarm ein wenig entblößt. Es war der Arm, den Bonnie McRoberts verletzt hatte – und die Wunde war wieder aufgeplatzt. Der Verband war von Blut durchtränkt.

„Aahhh!" schrie Ed beim Anblick des Bluts. In höchster Verzweiflung schwang er sein Gewehr wie eine Keule und schlug Mulder auf die Hand, in der er die Pistole hielt.

Die Waffe fiel zu Boden.

Mulder konnte nun nur noch eines tun. Und er tat es.

Er griff Ed Funsch an und versuchte, ihm die Waffe abzuringen.

Theoretisch zu wissen, daß Adrenalin einem Menschen übermenschliche Kräfte verleihen konnte, war eine Sache. Tatsächlich mit einem Mann zu kämpfen, der unter einer gewaltigen Überdosis von Adrenalin stand, war eine andere.

Eds heimtückischer Tritt traf Mulder in die Kniekehle. Während ein fürchterlicher Schmerz sein Bein durchzuckte, bemühte sich Mulder verzweifelt, auf den Füßen zu bleiben. Durch einen kräftigen Stoß von Ed verlor er jedoch das Gleichgewicht und krachte gegen die Wand. Dann schlug er mit dem Rücken auf den Boden und sah bunte Kreise vor seinen Augen tanzen.

Doch dann spürte auch er es. Die letzte Reserve. Der Joker im Kampf ums Überleben.

Mulder spürte, wie das Adrenalin in seinen Körper schoß, während er Ed einen kräftigen Stoß versetzte und damit dem Gewehr einen mächtigen Schlenker gab.

Ed schwang es in die andere Richtung, und sie rangen miteinander. Sie taumelten durch den Glockenturm, ineinander verkrallt wie zwei wütende Tiere.

Auf einmal befanden sie sich in der offenen Tür. Zu ihren Füßen fiel die Treppe steil hinab in die Dunkelheit.

Mulder merkte, wie sein rechter Fuß ins Leere zu kippen drohte.

Mit letzter Anstrengung stieß er Ed zurück und riß ihm das Gewehr aus der Hand.

Er schleuderte es hinter sich, um die Hände frei zu haben ... Aufatmend hörte er es die Stufen hinunterscheppern, während er Ed auf die Knie zwang. Blitzschnell drehte er ihm die Arme nach hinten und ließ die Handschellen zuschnappen.

Ed sackte zusammen. Er akzeptierte seine Niederlage mit einem Seufzer. Einem Seufzer der Erlösung.

18

„Ich möchte ihn gründlich untersuchen“, sagte Scully, nachdem die Polizei Ed Funsch auf eine Krankentrage geschnallt weggebracht hatte. „Auch wenn ich nicht glaube, daß ich dadurch noch viel mehr erfahre als durch die Autopsien der anderen Mörder.“

„Wir behalten ihn so lange im Krankenhaus, wie Sie möchten“, sicherte ihr Spencer zu. „Wir werden ihn von bewaffneten Kräften bewachen lassen.“

„Ich glaube nicht, daß das nötig ist.“ Mulder schüttelte müde den Kopf. „Der Kampfgeist scheint ihn ganz verlassen zu haben ... Natürlich müssen Sie dafür sorgen, daß es in dem Zimmer keine digitalen Displays gibt. Und Sie, Scully, Sie müssen darauf achten, daß er es nicht sieht, wenn Sie ihm Blut abnehmen.“

Die drei standen vor dem Glockenturm. Der Platz davor war leer, abgesperrt von Hilfssheriffs, um Schaulustige fernzuhalten. Die Fernsehteams waren gekommen und wieder gegangen. Was geblieben war, war das Blutmobil mit seiner zerborstenen Scheibe, der Tisch mit den Geschoßspuren, leuchtende Ballons, die sich im Abendwind wiegten, und das große Transparent, auf dem „BLUT“ geschrieben stand. Nur wenn man genauer hinsah, konnte man auf den betonierten Wegen und dem Gras braune Flecken von eingetrocknetem Blut erkennen.

Ein strahlender Sonnenuntergang tauchte die friedliche Szene in warmes Licht. Wie schon so oft fragte sich Mulder, wie viele Geheimnisse es noch geben mochte – hinter der Fassade von Ordnung und Bürgerlichkeit und geregeltem Leben.

Es ist wie eine Aufführung im Marionettentheater, dachte er – ein Puppenspiel, das die Leute Wirklichkeit nennen. Er hatte große Lust, den Scheinwerfer auf diejenigen zu richten, die die Fäden zogen.

Er wandte sich an Spencer. „Ich möchte ungehinderten Zutritt zu Ed Funsch, um ihn befragen zu können."

„Wenn Sie meinen, daß das zu etwas führt", erwiderte Spencer achselzuckend. „Aber um die Wahrheit zu sagen, Mulder, Sie wissen doch bereits mehr über seinen Amok als Ed selber."

„Und ich möchte auch Larry Winter sprechen", sagte Mulder unbeirrt. „Ich möchte etwas über das Unternehmen erfahren, das für den Einsatz des LSDM verantwortlich ist."

„Danach habe ich ihn schon befragt . . ." Spencer sah betreten zu Boden. „Allem Anschein nach existiert die Firma nicht mehr. Sie muß mit gestriger Wirkung aufgelöst worden sein – von dem Multi, dem sie gehörte. So eine Art Unternehmensumstrukturierung."

„Ich glaube, ich weiß, wo ich etwas über diesen Multi in Erfahrung bringen kann." In Mulders Gesicht arbeitete es. „Ich muß bloß mal anrufen."

Scully konnte sich das Lächeln nicht verkneifen. „Also, Mulder, ich muß jetzt ins Krankenhaus ... Aber wenn Sie Ihre gut informierten Kreise anrufen, richten Sie Ihrem Freund Frohike etwas aus."

„Und das wäre?" fragte Mulder wieder etwas entspannter.

„Sagen Sie ihm, daß sich meine Telefonnummer geändert hat."

Mulder sah Scully schmunzelnd hinterher. Sie ging mit Sheriff Spencer, der ihr angeboten hatte, sie ins Krankenhaus zu fahren.

Gedankenverloren schlenderte Mulder zum Blutmobil hinüber und setzte sich auf einen Klappstuhl – endlich fiel die Anspannung des Tages von ihm ab. Die Wunde am Arm schmerzte ihn, und er fühlte sich am ganzen Körper zerschlagen und zittrig. Er fingerte sein kleines Handy aus der Tasche und drückte eine Nummer, dann hielt er es ans Ohr – und hörte ein seltsames grelles Pfeifen. Verdutzt warf er einen Blick auf das Display.

„ALLES ERLEDIGT", stand da.

Während Mulder noch in hilfloser Wut auf die Anzeige starrte, änderte sich die Schrift: „AUF WIEDERSEHEN."

„Das werden wir ja sehen!" sagte er laut und hörte, wie seine Worte in der gewaltigen Stille des Abends verhallten.

Die großen Akte X-Romane

Charles Grant
Lebende Schatten
Roman

Charles Grant
Wirbelsturm
Roman

Kevin J. Anderson
Höllenfeuer
Roman

Kevin J. Anderson
Ruinen
Roman

Kevin J. Anderson
Antikörper
Roman

vgs verlagsgesellschaft Köln

AKTE X STORIES